Werner

Wie schnell die Zeit vergeht

Werner

Wie schnell die Zeit vergeht

Ein philosophischer Roman

Jan Kronies

Bibliografische Information der Deutschen Nationalbibliothek:
Die Deutsche Nationalbibliothek verzeichnet diese Publikation
in der Deutschen Nationalbibliografie;
detaillierte bibliografische Daten sind im Internet über
https://portal.dnb.de/ abrufbar.

Herstellung und Verlag: BoD - Books on Demand,
Norderstedt
Umschlag: Maria Muravski

ISBN: 978-3-7562-1427-3

INHALT

Für Heidi

Noch viele Jahre später erinnerte sich Ellie daran, wie sie da zusammen ein letztes Mal auf der Holzbank saßen, draußen auf der Veranda.

Ihr Opa und sie.

Diese Erinnerung suchte sie fortwährend heim, aber auf eine schöne Art und Weise. Es war nicht so, dass sich dann etwas in ihr verkrampfte, im Gegenteil, das Gefühl, das am Band dieser Gedanken hang, war friedlich. Ihr gelang es sogar bisweilen, zu lächeln, wenn sie an seine Worte dachte, an seine Leidenschaft, an sein Wesen, das sich zum Schluss noch einmal aufraffte, um ihr all das mitzugeben, das er zuvor verpasst hatte, auszusprechen.

All das – waren Geschenke.

Geschenke, die Ellie wieder und wieder auf ihrem weiteren Lebensweg öffnen konnte, wann immer ihr Hürden bevorstanden, wann immer Schwierigkeiten ihren Weg kreuzten, wann immer sie dachte, sie wäre mit ihren Problemen allein.

Doch wenn man die Worte eines geliebten Menschen so sehr verinnerlicht hat, ist es dann überhaupt möglich, zu verzweifeln, weil dieser Mensch von uns gegangen ist? Spricht da nicht immerzu jemand in unseren Gedanken, der einmal sagte, ich werde für immer bei dir sein? Was Ellie, als das junge Mädchen, das sie damals war, kaum glauben, kaum verstehen konnte – doch so musste es sein.

Kurzum: die letzten Tage mit ihrem Großvater hatte Ellie verändert. Auf einmal sah sie das Leben aus einer anderen Perspektive, auf einmal sah sie das, was wirklich wichtig ist, und das, wie sie sein möchte.

Sie wollte ein guter Mensch sein und die Welt bewusst wahrnehmen.

Und das war es, was Werner ihr mitgeben wollte.

Prolog

»Opa.«

Ellie steht in der Tür zum Schlafzimmer ihres Großvaters. Es ist ein Samstagmorgen im Februar. Dichte Nebelschwaden ziehen vor dem großen Fenster her. Eiskristalle glänzen an den Rändern.

Werner richtet sich schwer atmend auf. Mit den Fäusten abstützen, hochziehen, jetzt noch einmal, mit aller Kraft hochziehen, anlehnen.

»Komm, setz dich zu mir.«

Mit leisen Schritten gleitet Ellie über den knarrenden Holzboden. In der Luft liegt der Geruch eines alten, aber gepflegten Holzhauses. Über der Haustür steht in metallenen Buchstaben: „Anno 1809".

»Mama hat gesagt, ich soll dieses Wochenende zu euch aufs Land kommen. Ich wollte das sowieso demnächst mal wieder, aber sie hat darauf bestanden und gesagt, dass ich nicht damit warten soll. Ist es … so dringend?«

»Ich freue mich sehr, dich zu sehen. Es ist schon länger her … und dringend … das weiß ich nicht. Ich weiß aber, dass *demnächst* einen Tag zu spät hätte sein können. Also, ja, vielleicht doch, der Besuch hat eine gewisse«, Werner schluckt behaglich, »Dringlichkeit.«

»Tut mir leid, dass ich lange nicht mehr da war«, sagt Ellie.

»Oh nein, das muss dir nicht leidtun. Du bist da drüben in der Stadt, da ist dein Leben. Und es ist ja schon eine längere Fahrt hier her.«

»Ja, aber trotzdem…«

Werner betrachtet seine Enkeltochter. Wie groß sie nun schon ist! Dann überkommt ihn ein unbestimmtes Gefühl, er kann nicht sagen, ob es Trauer oder Sehnsucht ist, dass ihn plötzlich an Elisabeth denken lässt.

»Deine Großmutter wartet bestimmt auf mich.«

»Sie kann aber doch noch etwas länger warten«, sagt Ellie entrüstet.

»Sie wartet schon zwanzig Jahre auf mich. Stell dir vor, wie einsam sie ist.«

»Ach, Opa.«

»Nun, lassen wir das. Wie … ist es zuhause, seitdem deine Mutter hier ist?«

»Manchmal etwas komisch. Vor allem abends. Sie war ja eh die meiste Zeit arbeiten und kam spät nach Hause, aber dass ich mit Papa allein zu Abend esse, daran habe ich mich noch nicht gewöhnt.«

»Es wird nicht allzu lange dauern, bis sie wieder bei euch ist.«

Ellie schlägt die Augen nieder. Ob es am Alter liegt, dass das Unausweichliche direkt angesprochen und fast nicht gesehen wird, wie etwas derartiges bei Familienmitgliedern für verletzte Gefühle sorgt?

»Es geht schon, ich weiß ja, wie wichtig es für Mama ist, jetzt bei dir zu sein.«

»Sie kümmert sich gut um mich. Ich empfinde es als großes Geschenk, dass sie ihren Job vorübergehend aufgegeben hat und zu mir gezogen ist. Es ist der Traum aller Eltern: das Kind, das dich im Alter pflegt.«

»Sie weint oft, wenn sie mit Papa telefoniert.«

»Ja. Das höre ich aus dem Schlafzimmer, auch wenn sie zum Rauchen vor die Haustür geht.«

»Manchmal höre ich das Gespräch mit, und sie sagt fast immer, dass wenn du nicht mehr da bist, sie keine Eltern mehr hat.«

»Nein, das ist nicht wahr … sie wird für immer Eltern haben. Ich gehe ja nicht fort. Also, zumindest nur auf eine Weise. Trotzdem werde ich auf sie Acht geben, wo auch immer ich sein werde. Und auch auf dich, glaub mir, du wirst für immer deinen Opa haben.«

»Und wie? Ich bin nicht gläubig, das weißt du, und Mama auch nicht.«

»Ich spreche nicht vom Glauben. Sondern von der Erinnerung. Sie ist es, die ein *für immer* möglich macht.«

Ellie zuckt mit den Schultern.

»Es hat mit der Zeit zu tun«, sagt Werner.

»Wie meinst du das?«

»Nun, es ist ganz einfach: Wer erinnert wird, wird nicht gehen.«

Ellie versteht nichts, aber spürt, jetzt kommt einer der für ihren Großvater so typischen ellenlangen, philosophischen Monologe. Und sie hat richtig getippt, Opa ist in dieser ganz bestimmten Stimmung, etwas loswerden, etwas mitgeben zu wollen.

»Ist der … nun, lass es uns aussprechen … wird der Tod kommen, verlagert sich die Wahrnehmung.“ Werner nickt in sich hinein. „Von da an gibt es keine neuen Erfahrungen mit, die wir zusammen machen können, nein, von da an gibt es für dich nur noch vergangene Erfahrungen, die du mit mir geteilt hast. Und diese existieren an Orten, die nicht so leicht zugänglich sind. Schau mal, es ist ja so, obwohl wir heutzutage überall hinkommen, alles besuchen, alles bereisen können, ist doch eine Reise ganz besonders schwierig. Das ist die Reise in dir. Nein, besser:

die Zeitreise in dir. In deine Erinnerungen, die du mal gemacht hast, vor ein paar Monaten oder vor vielen Jahren, und in die Gefühle, die in diesen Erinnerungen eingeschlossen sind. In diesen liegt übrigens deine Großmutter für mich und … ich hoffe, in diesen werde auch ich immer bei euch sein. Auch wenn ihr mich nicht mehr sehen könnt.« Werner atmet laut, schließt und öffnet die Augen, als hätte erneut in sich hineingeblickt, um sicherzugehen, dass das, was er sagte, auch so war, wie er es meinte. »Es steckt mehr dahinter, als du vielleicht denkst. Oder glaubst du, dies ist das wirre Sprechen eines alten Mannes auf dem Höhepunkt seiner Krankheit?«

»Das habe ich nicht gedacht.«

Vorsichtig bringt Werner ein Lächeln hervor. Wie schafft er nun den Anschluss, fragt er sich, als Ellie ihr piepsendes Handy hervorholt. Schon mitten in der Nacht fing irgendetwas in Werner an, sich artikulieren zu wollen, eine Unruhe, aber auch eine Hoffnung, und da war ihm klar, es gibt da ein paar Dinge, die er loswerden möchte. Die er loswerden *muss*.

»Ellie?«

»Ja?«

»Es liegt mir sehr am Herzen, mit dir über etwas zu reden, über das ich sehr lange nachgedacht habe in den letzten Monaten, seitdem du mich das letzte Mal besucht hast. Ich … habe es bisher nicht vollkommen entschlüsseln können, doch da waren Gedanken, die mir sehr wahr vorkamen und die ich dir mitgeben möchte.«

»Oh … okay.«

»Ich möchte, dass du verstehst«, er pausiert kurz, dann dreht er den Kopf zu Ellie und als sie von ihrem Handy aufschaut, blickt er ihr tief in die Augen, »was Zeit ist.«

14

»Was Zeit ist?«, fragt Ellie und Werner fühlt sich, als hätte er etwas verbrochen. »Was gibt es an der Zeit zu verstehen? Wollen wir nicht lieber über … zum Beispiel über die Sommerferien reden, die ich bei dir auf dem Land verbracht habe?«

»Unbedingt! Denn das sind wertvolle Erinnerungen. Die Zeit ist flüchtig, sie vergeht. Unaufhörlich. Doch Erinnerungen können bleiben, das sagte ich ja schon, aber du glaubst gar nicht, wie viel wir anhand von Erinnerungen über die Zeit lernen können. Ich war selbst überrascht, als ich anfing, mehr darüber nachzudenken.«

Ellie zupft an den zerschlissenen Fäden ihrer Jeans.

»Weißt du, in letzter Zeit beschleicht mich die Gewissheit, dass mein Name ein … ein aussterbender Name ist. Er ist unmittelbar mit der Zeit verbunden, die vorübergeht. Nach mir kommt sehr wahrscheinlich kein neuer Werner, ihr jungen Leute habt alle so moderne Namen, kaum ein Elternpaar kommt auf die Idee, ihr Kind noch Werner zu nennen.«

»Das stimmt, ich kenne niemanden in meinem Alter, der so heißt. Aber ich mag deinen Namen.«

»Das ist lieb von dir. Ich weiß jedoch, mein Name zeigt etwas Abschließendes. Darum ist es mir, glaube ich, so wichtig, dass ich mich dir mitteilen kann, denn alles …«, er schaut aus dem Fenster, ein Zucken durchfährt ihn, »ja, all mein Wissen und all meine Erkenntnisse, die sich in mir über viele Jahre angestaut haben, stehen an der Klippe des ewigen Nichts. Entschuldige, dass ich das so dramatisch ausdrücke, aber das empfinde ich - wenn ich also die Erfahrungen, die ich gemacht habe, und was ich aus ihnen gelernt habe, für mich behalte, dann ist es doch so, als hätte dieses eine Menschenleben, das ich führen durfte, eine unglaublich wichtige Chance verpasst. Natürlich, ich hinterlasse etwas, meine Tochter und unsere Erinnerungen, aber sollte es nicht so sein, dass am … Lebensabend ein alter Mann noch einmal Revue passieren lässt, und dem jüngsten Menschen in seiner Familie alles erzählt, was diesem jungen Menschen vielleicht helfen könnte? Ich glaube, es ist sogar meine Pflicht, das zu tun. Von welchem altgewordenen Menschen sonst würdest du erfahren, was ein altgewordener Mensch denkt, an seinem … ja, Lebensabend. Wie ich dich gerade sehe, dein junges Gesicht, das mit so viel Zukunft gesegnet ist, habe ich dieses ganz bestimmte Gefühl, dir unbedingt etwas mitgeben zu wollen.«

»Hm …«, murmelt Ellie und überspielt ihre Gänsehaut, die Großvaters Worte ihr auf die Arme gezaubert haben, aus einem Grund, den sie nun allmählich versteht; hier ist ihr Großvater, und bald wird es ihn nur noch in ihrer Erinnerung geben. Aber doch, was war es, was er ihr mitteilen wollte? »Also, über die Zeit möchtest du reden?«

»Ja, über die Zeit. Es klingt abstrakt, das verstehe ich. Aber Zeit steckt in allen Dingen, allen Gefühlen, der Vergangenheit, Gegenwart und unserer Vorstellung von der Zukunft«, kurz hält Werner inne, dann nickt er heftig, »ich möchte dir davon erzählen, stellvertretend für jeden Werner dieser Welt, für jeden altgewordenen Menschen, dessen Name bald nur noch eine Erinnerung sein wird. Lass es mich so sagen: Ich wünsche mir, dass ich dir etwas über die Zeit mitgeben kann, bevor ich …«

Eine nasser Film gleitet jetzt über Ellies Augen. »Oh, wie schnell die Zeit vergeht!«

»Wie schnell die Zeit vergeht!«, wiederholt Werner laut, als hätte er nur darauf gewartet. »Ja, an keinem anderen Satz lässt sich unsere Unkenntnis über die Zeit, lassen sich unsere Zweifel, besser veranschaulichen. Dabei ist es wichtig«, *so verdammt wichtig*, denkt Werner leidenschaftlich, »darüber nachzudenken, warum wir das eigentlich so oft sagen. Ich habe diesen Satz in meinem Leben bestimmt eintausendmal gehört und immer klingt es, als sei die Person über diese scheinbare Tatsache verzweifelt. Stets habe ich mich gefragt, ob es auch einen anderen Weg gibt. Ein so klares Verständnis von der Zeit zu haben, dass wir diesen Satz … ebenso gut feierlich aussprechen können.«

»Ich kann mir nicht vorstellen, mich schon einmal darüber gefreut zu haben, dass die Zeit schnell vergangen ist. Außer vielleicht, als es mir schlecht ging.«

»Das ist mehr als verständlich. Und genau darüber möchte ich mit dir reden. Dass es nicht darum geht, sich zu wünschen, die Zeit solle langsamer oder schneller vorüberziehen. Es geht nur um eines, und davon bin ich felsenfest überzeugt: dass wir, wenn wir die Zeit verstehen, oder lass es mich besser sagen, wenn wir verstehen, was die Zeit füllt, wie wir unsere Zeit füllen, und worauf es dabei ankommt, dass wir dann auch das Leben besser verstehen können.«

»Das Leben verstehen?«

»Oh ja! So Sachen wie: warum wir die lieben, die wir lieben. Wer wir sind. Was wir denken und was wir tun. Wie wir auf die Welt blicken und welche Perspektiven wir dabei einnehmen. Lauter solche Dinge: alles menschliche Geheimnisse, denen wir nahekommen können … wenn du es zulässt.« Mit erwartungsvollen Augen schaut Werner in das junge Gesicht seiner Enkeltochter.

Die nachfolgende Stille ist von lauten Gedanken unterlegt. Ellie weiß nicht so recht, was sie über Großvaters Worte denken soll und ob sie wirklich das Wochenende damit verbringen sollen, über etwas Abstraktes wie die Zeit zu reden. Auch Werner ist sich unsicher, unabhängig von seinem unbedingten Willen, über den er selbst ein wenig erschrocken zu sein scheint, so als würde der Wille in Eigenregie und mit absoluter Vehemenz Ellie zu überzeugen versuchen. Während sie schweigen, knackt es in den Holzwänden, der Nebel gleitet dahin und irgendwo gehen Menschen zur Schule oder zur Arbeit, zum Einkaufen, zum Kaffeetrinken, zum Wandern, zu Freunden und Verwandten, zu Konzerten und Ausflügen, zu Geburten und Friedhöfen, und in diesem Gewusel des Lebens vergeht Zeit, für alle gleich, für alle unterschiedlich.

»Das Leben verstehen ...« Ellie dreht sich weg, um eine große Träne fortzuwischen. »Eine schöne Vorstellung. Mama streitet ständig mit mir, die Sache mit Jessi, dass du ... wer soll *das* verstehen. Du weißt ja, ich schreibe ab und zu meine Gedanken auf, aber wenn ich sie mir später durchlese, streiche ich das meiste wieder durch. Und das ist echt ... scheiße.«

»Dann lass es mich versuchen.«

In Ellies Jackentasche vibriert das Handy. Eine Mitteilung ihrer Freundinnengruppe, sie fragen, ob Ellie abends mit in das neue Café geht, das in der Innenstadt aufgemacht hat. Schnell tippt sie: *Ich kann nicht, bin das Wochenende auf dem Land.* Sie wäre gerne mitgegangen, fühlt jedoch, dass sie ebenso froh ist, hier zu sein. Hier, bei ihrem Opa, der irgendwie traurig zu sein scheint. Oder dass ihn etwas sehr bedrückt. Und gleichzeitig ist sie auch selbst traurig und bedrückt und verzweifelt, sie will doch nur, dass ihr Opa nicht fortgeht. Er, der schon immer für sie da war – kann sie ihm jetzt nicht einfach den Gefallen tun, dass er ihr etwas über die Zeit erzählt? Er klingt ja so, als gehe es bei der Zeit um Leben und Tod. Ein Stich durchzieht Ellie, denn so gesehen geht es wirklich darum.

Neben der Nachricht piepst eine Erinnerung auf ihrem Handydisplay auf: *Blumen mitbringen.* Verdammt, das hat sie vergessen.

»Ja gut, Opa«, sie drückt den Ausschaltknopf, »erzähl mir alles, was ich wissen muss.«

»Hast du denn etwas Zeit mitgebracht?«

»Das ganze Wochenende.«

Werner lächelt zart. In seinen knittrigen Augenwinkeln löst sich eine Träne. Ellie beißt sich auf die Lippen. Vielleicht ist es eine Träne der Traurigkeit. Vielleicht aber wird er gerade von Glück durchströmt.

I. Zeit für Neues

»Der Tag nach meinem Tod ...«, beginnt Werner.

»Das ist ein ganz schlimmer Gedanke, Opa.«

Werner zieht die linke Augenbraue hoch und nickt. Blaue Linien zieren die Blässe auf seinem Gesicht. Dicke Adern am Hals. Sein Atmen ist langsam und schwer. All das hat etwas Kaltes an sich, doch sein Blick ist mit Wärme aufgeladen.

»Ich weiß. Auch für mich ist das eine schwierige Vorstellung, die mich manchmal auch ganz aufgeregt macht. Was ich aber weiß, ist, der Tag nach meinem Tod wird ein neuer Tag für dich sein. Gewissermaßen ein neuer Lebensabschnitt. Es wird einen Abschnitt mit mir gegeben haben, die ersten sechzehn Jahre deines Lebens, und es wird einen Abschnitt nach mir geben. Wie neu sich dieser Abschnitt für dich anfühlen wird, wird dadurch entschieden, wie du mit meinem Tod umgehen wirst. Und entschuldige, dass ich das so direkt anspreche, aber du wirst verstehen, dass ich keine Zeit mehr habe, Dinge zu verschleiern.«

»Das verstehe ich«, sagt Ellie und schluckt das Gefühl herunter, dieses Gespräch am liebsten nicht führen zu müssen.

»Du bist ein junges, fröhliches, unbefangenes Mädchen. Und wie groß du bereits geworden bist! Nun, dir wird es zunächst sicherlich schwerfallen, zu akzeptieren, dass du mich nicht mehr auf dem Land besuchen kannst. Du wirst traurig sein, dass ich dort nicht mehr bin. Vielleicht auch verzweifelt, das ist ja völlig normal. Und doch, da bin ich mir ganz sicher, wirst du schnell wieder zu der

Lebensfreude finden, die dich ausmacht. Darüber möchte ich mit dir reden. Denn dies wird eine Zeit sein, die ich *Zeit für Neues* nennen möchte.«

Trotz ihres Verständnisses für das, was ihr Großvater anspricht, war Ellie nicht darauf gefasst, sich mit dem Tod auseinanderzusetzen. Das ist Werner bewusst, doch ihm ist es wichtig, das, was kommen wird, konkret anzusprechen, es aber auch in ein Verhältnis zur Vergangenheit zu setzen. Damit sie unser Verständnis von Zeit aus neuen Perspektiven betrachten kann, denkt Werner. Damit auch er versteht, was war und nun zu Ende geht.

»Mach dir keine Sorgen, hörst du? In nur seltenen Fällen wird die Zeit für Neues durch den Tod eines Angehörigen ausgelöst. In den allermeisten Fällen ist dies jedoch der schwerwiegendste Eingriff in die Gegenwart, der etwas, das mal war, in das ändert, was sein wird, unter neuen Umständen. Aber, und das ist der Grund, warum du dir keine Sorgen machen brauchst: das Band, das zwischen uns existiert – dass ich dein Opa bin, mit dir hunderte Erinnerungen teile und du mir einer der liebsten Menschen der Welt bist –, ist davon nicht betroffen. Das wird so bleiben, auch wenn ein neuer Lebensabschnitt beginnt. Nur, und das ist die Schwierigkeit, die eintritt: die Erinnerungen, die mit dem beendeten Lebensabschnitt verbunden sind, verschieben sich, irgendwohin, an eine schwer zugängliche Stelle deiner Gedankenwelt.«

»Also wird es dann schwieriger, mich daran zu erinnern, was ich mit dir zusammen erlebt habe? Aber nur schwieriger und nicht … unmöglich?«, fragt Ellie. Sie bemüht sich, kluge Fragen zu stellen, um ihren Großvater stolz zu machen. Sie will ihm beweisen, dass es sie interessiert, was er ihr mitgeben möchte.

»So sehe ich das, ja. Dafür müssen wir aber auch das Vergessen an sich anders betrachten. Ich bin der festen Überzeugung, das Alte ist immer da, das bereits Erlebte und zur Erinnerung Erhobene kann niemals ganz vergessen werden. Es ist nur nicht immer an vorderster Front, nicht immer gleich … für unser Bewusstsein verfügbar. Lass mich das verständlich machen. Nach dem Tod deiner Großmutter begann ich, jeden Tag an sie zu denken. Manchmal den ganzen Tag lang, manchmal erst beim Einschlafen und manchmal, wenn ich es am wenigsten erwartete. Scheinbar willkürlich tritt das Vergangene hervor. Es kann also passieren, dass an einem beliebigen Tag von beliebiger Schönheit etwas Altes an die Grenze zum Bewusstsein tritt, dort in einem knappen Monolog den Grund erläutert, weshalb es gekommen sei, oftmals vage und von zwiespältiger Verständlichkeit, sodass du nicht immer verstehen wirst, weshalb diese oder jene Erinnerung aufgetaucht ist, und du wie benommen stehen bleibst, einen Punkt in der Landschaft oder in der Stadt bis zum völligen Verlust jeglicher Schärfe anvisierst und dem Alten Gehör schenkst – und das, liebe Ellie, ist ein Augenblick der Wertschätzung für das Auftauchen dieser alten Erscheinung.«

»Das hast du schön gesagt. Und das habe ich auch manchmal. Ich bin dann für einen Moment lang wie weggetreten, weil ich so sehr auf diese Erinnerung in meinem Kopf fokussiert bin.«

»Ja. Und vielleicht sagst du instinktiv: Oh, das hatte ich ganz vergessen! Worte jedoch, liebe Ellie, kommen selten … wie sage ich das nun … an die Eigenschaft einer Erinnerung heran. Das Instinktive, also dein erster Gedanke, versucht dir mitzuteilen, dich gar zu überzeugen, dass die

Erinnerung fort war, doch jetzt mit kleinstem Lichte auf-
flackert. Dabei war die Erinnerung niemals fort. Sie steht
nur nicht immer in der ersten Reihe. Wie sollten wir damit
auch leben können, dass alle Erinnerungen an jedem Tag
präsent sind?«

Der Elan, mit dem Werner seine Reise in die Zeit beginnt, ist ungebrochen. Beinahe vergisst Ellie, wie er sich
noch eben, vor ein paar Minuten kräftezehrend aufgesetzt
und dabei offenbart hat, wie schwach er doch schon ist.

»Manchmal bin ich traurig darüber, dass ich mich nur
in Bruchstücken erinnern kann.«

»Nun«, sagt Werner, »dafür gibt es einen Trick, denn
mit Behutsamkeit und viel Geschick kann alten Erinnerungen eine neue Fülle verliehen werden. Eine Art zweites Leben, eine neue, gleichwohl bereits erlebte Ebene des Vergangenen. Auch hier bin ich der Meinung, die Erinnerung,
in ihrer ganzen Fülle, ist immer in dir gewesen. Sie ist,
wenn man so will, unendlich geworden dadurch, dass sie
erlebt und … konserviert wurde, weil es irgendetwas gab,
das unserem Erinnerungsvermögen mitgeteilt hat: Ich bin
eine wichtige Erinnerung, ich bleibe. Dadurch wird sie Teil
der Unendlichkeit eines vorübergegangenen Lebensabschnittes. Lass es mich so sagen: Was wir aufnehmen, wird
abgespeichert, ähnlich wie bei einem Schatz, nach dem wir
ständig auf der Suche sind und von dem wir, wenn wir ihn
finden, eigentlich gar nicht wissen, was es ist. Es ist das
Unendliche, das uns gehört und zu dem wir in ähnlicher
Beziehung stehen wie zu jenem Ort, zu dem wir wieder
und wieder zurückkehren; es ist Zeit, beheimatet.«

»Ein schöner Gedanke«, sagt Ellie, leicht verlegen und
ein wenig erschlagen, aber so kannte sie ihn. Wenn er leidenschaftlich bei der Sache war, konnte er stundenlang

darüber reden, in ellenlangen Monologen und Sätzen, von denen man ahnte, dass sie wahr und groß, aber nicht immer gleich verständlich waren. »Und wie funktioniert dieser Trick?«

»Oft eignen sich dafür Gegenstände, Gerüche, Orte, an denen wir einmal waren. Darin liegen Erinnerungen, die sich erst dann wieder aus ihrem Kokon befreien und entfalten, wenn wir sie erneut erfahren. Ist da etwas Vages, an das du dich nur zart erinnerst, hilft es, dieser Erinnerung zu jenem Ort, zu jenem Geruch oder einem Gegenstand, den du einmal in den Händen hieltest, zu folgen. Ist dies nicht möglich, hilft es aber auch schon, sich Ruhe zu geben und zu schauen, wohin die Gedanken fliegen. Viel zu oft geben wir viel zu schnell nach, widmen uns einer anderen Tätigkeit oder bauen eine innere Ignoranz auf, mit der wir intensive Gefühle, und damit auch jeglichen Schmerz, der vielen Erinnerungen beiwohnt, vermeiden. Weil wir glauben, wir seien zu schwach, uns dieser Erinnerung zu stellen. Weil wir auch ganz generell keinen Schmerz fühlen wollen. Deshalb vermeiden wir unsere Erinnerungen. Aber das kann nicht der richtige Weg sein – man muss einer aufblitzenden Erinnerung folgen. Sich ihr stellen.«

»Also du sagst, wenn ich einen Gegenstand wiederfinde, den ich früher einmal in einer bestimmten Situation benutzt habe, oder einen altbekannten Ort aufsuche, kommen all die Erinnerungen wieder hoch?«

»Das kann damit ausgelöst werden, ja. Vorausgesetzt, du gibst der Erinnerung eine Chance, damit aus den aufblitzenden Gedanken mehr werden kann.«

»Mehr was?«

»Ein Gefühl, wie es damals war.«

»Oh. Ja. Verstehe«, sagt Ellie und lächelt, auch wenn sie ahnt, dass mit gewissen Erinnerungen sehr schmerzhafte Gefühle verbunden sind, die auch sie fast vollständig verdrängt hat; aber auch dass in Erinnerungen schöne Gefühle mitschwingen könnten, die wir fast sehnsüchtig wieder hervorholen wollen. »Ist es okay, wenn ich mir ein paar Notizen mache? Ich möchte das behalten, was du sagst.« Sie wiederholt leise: »An das Gefühl von damals erinnern, wenn ich mich auf eine Erinnerung konzentriere.«

»Natürlich. Schau mal in die oberste Schublade der Kommode.«

»Nicht nötig«, sagt Ellie, lehnt sich kurz vom Bett herunter, greift in ihren Rucksack und holt ein schwarzes Notizbuch hervor. Sie legt es auf ihren Schoß, blättert durch ein paar Seiten, auf denen ein paar lyrische Texte zum Vorschein kommen, öffnet eine leere Seite, legt ihre Hände hinten auf das weiche Kunstleder und begegnet dabei Werners Blick. Für einen Moment steht die Zeit still, es ist, als befänden sie sich zusammen in einer Erinnerung.

»Ah, das gute alte Notizbuch.«

»Du hast es mir geschenkt, als ich auf das Gymnasium gewechselt bin.«

»Wie viele Jahre das schon her ist.«

»Vier Jahre. Schau her.«

Ellie deutet auf die Inschrift: *Ich wünsche dir eine schöne Zeit auf der neuen Schule. Dein Opa Werner. 1. August, 2011.*

»Erinnerst du dich noch an diesen Moment, als ich dir das Notizbuch gab? Es war so warm an diesem Tag. Ich saß mit dir und deinen Eltern in eurem Garten. Da war der dunkelgrüne Gartentisch, die dunkelgrünen Plastikstühle mit der beweglichen Lehne. Die Sonne machte mir zu schaffen, aber …«

»Die Markise war kaputt.«

»Genau, und ich wollte es nicht ansprechen«, lacht Werner, »weil ich ja wusste, dass dein Vater sie schon längst hätte reparieren sollen, so oft wie deine Mutter sich darüber aufgeregt hatte. Immerhin war er es, der die Markise mit einem seiner *gekonnten* Handgriffe kaputt gemacht hatte. Aber Mensch, was war das warm an diesem Tag!«

»Du saßt einfach nur da und hast aus allen Poren geschwitzt. Und dann hast du auf das Geschenk gedeutet, das neben der Kaffeekanne lag, du meintest nur: Das ist für dich.«

»Ha, ja, so war es. Das ist eine einfache Erinnerung, oder? Du hast das Notizbuch bei dir, was dich daran erinnert. Meistens ist es jedoch so, dass da nichts ist, was du greifen kannst, und trotzdem taucht eine Erinnerung auf, scheinbar ausgelöst durch etwas, das dir nicht bewusst ist.«

»Und dieser Erinnerung muss ich Zeit geben? Einfach ein paar Minuten lang versuchen, sie besser zu verstehen?«

»Sie verstehen, ihr folgen, sie erkunden, genau! Und der Lohn ist das Gefühl, das wie von etwas Unsichtbarem berührt auftaucht. *So* war das, ahhh.«

»Jetzt wo du es sagst … letztens habe ich ein Käsebrötchen gegessen, nach langer Zeit wieder einmal. Und da kam eine Erinnerung hoch, aus dem Kindergarten. Kannst du das glauben? Ich konnte in diesem Moment wieder verstehen, wie es war, im Kindergarten zu sitzen, das Käsebrötchen herauszuholen und es in der Pause zu genießen.«

»Als würdest du für einen Moment wieder genau dort sitzen, nicht wahr? Genau davon spreche ich. Und ist es nicht fantastisch zu wissen, dass ein solches Gefühl, ummantelt von seiner Erinnerung, in dir liegt? Tausende davon? Die besonderen, auch die weniger besonderen, die für das große Ganze jedoch nicht unwichtiger sind. Irgendwo versteckt, aber existierend, mit einem eigenen Puls, den du erst dann wieder spürst, wenn die Erinnerung ausgelöst wird.«

»Es passiert nur so selten.«

»Weil wir Erinnerungen so wenige Chancen geben, sich erneut zu entfalten.«

Ellie überlegt, es stimmt, wann hat sie das letzte Mal Zeit damit verbracht, sich einfach nur zu erinnern? Sich eine ausgelöste Erinnerung zu schnappen und darin zu verweilen? Erzähl das einmal den anderen, denkt sie sich. Es klingt komisch.

Dann kommt ihr in den Sinn, doch, tatsächlich ist das ein paarmal in den letzten Wochen so gewesen. Allerdings nicht gewollt, sie lag auf ihrem Bett und dachte an Jessi. An das, was sie miteinander erlebt hatten, bis Jessi aus heiterem Himmel schlussgemacht hat. Wehmütig senkt sie den Kopf, ist es das, was ihr Opa ihr zu erzählen versucht? Wenn ja, was soll daran Schönes sein? Es macht doch nur traurig.

»Du fragst dich jetzt bestimmt, was eine vergangene Zeit mit der Zeit für Neues zu tun hat.«

Ellie schüttelt ihren Gedanken ab. »Ja, Zeit für Neues, das verstehe ich nicht.«

»Lass mich etwas ausholen. Zunächst muss das Vergangene akzeptiert werden. Um in der neuen Zeit aufzugehen, muss eine Erfahrung, also etwas Altes, in deinem Bewusstsein einsortiert werden: als etwas, das geschehen ist. Und genau dieser Umstand der Zeit muss akzeptiert werden.«

»Akzeptiere ich das denn nicht? Ich kann nichts dagegen tun, was passiert ist, ist passiert.«

»Und doch beschäftigt dich vieles weiterhin, nicht wahr? Auf manches bist du wütend, wegen manchen Erlebnissen traurig oder froh. Mit Akzeptanz meine ich die Art, *wie* uns das Alte beschäftigt. Welche Gefühle wir zulassen oder uns heimsuchen, wenn wir an etwas zurückdenken. Vorwiegend, wie wir schwierigen Erlebnissen begegnen, Tage, Wochen, Monate oder Jahre später. Weil das ist es ja, das uns besonders schwerfällt, und das wir besonders häufig unterdrücken wollen.«

»Du hast recht, ich bin immer noch wütend und traurig, wegen Jessi. Und als Mama mir gesagt hat, dass es dir nicht so gut geht. An diesen Moment denke ich oft. Aber wie … kann ich das akzeptieren? Wie kann ich über diese Erlebnisse nicht mehr traurig sein?«

»Wie wir akzeptieren können, ist eine sehr gute Frage und ich verstehe, dass es dir schwerfällt, daran zu denken. Lass uns später dazu kommen und jetzt erst einmal darauf schauen, was Akzeptanz ist und was sie uns bringt. In erster Linie, kaum verwunderlich, beschäftigt sich Akzeptanz mit dem Alten; es ist unmöglich, Gegenwärtiges oder gar Zukünftiges zu akzeptieren. Zuerst muss eine gewisse Distanz zum Erlebten entstehen – Zeit, die vergeht. Sobald wir jedoch auf Vergangenes zurückschauen und das, was auch immer geschehen ist, akzeptieren, wird etwas entleert. Es wird Raum für Neues geschaffen.«

»Raum für Neues?«

»Es ein Freiheitsgefühl zu nennen, kommt dem ebenso nahe. Idealerweise fühlen wir uns dann vorbehaltlos, unbeirrt, wir fühlen uns frei und mutig und bereit – für Neues. Wir streben geradezu danach, den entleerten Raum wieder neu zu füllen.«

»Hm. Und wenn es nicht ideal läuft?«

»Das wäre dann wohl die realistische Variante. Der Kopf ist nämlich weit davon entfernt, völlig frei von einem Lebensabschnitt in den nächsten zu treten. Durch das Akzeptieren des Vergangenen werden unsere Erinnerungen nicht gleich ausgelöscht. Ich sagte ja schon, dort ist kein Band, das getrennt werden kann. Und doch kann mithilfe der Akzeptanz zumindest eine Hürde überwunden werden zwischen dem Zurückliegenden und dem Zukünftigen.«

Ellie notiert sich: *Vergangenes akzeptieren, um Raum für Neues zu schaffen.* »Stimmt das so?«, fragt sie Werner, der nickt, aber merkt, dass sie damit hadert.

»Ellie, zu akzeptieren ist niemals einfach. Wir alle gehen unterschiedlich damit um. Unser Umgang ist unmittelbar von unserem Gemüt und unserem Charakter abhängig, unserer inneren, über viele Jahre hinweg geprägten Form des teils bewussten, teils unbewussten Akzeptierens. Manch einer stürzt sich in das Zukünftige, wild entschlossen, das Vergangene für immer abzuschütteln; ein anderer gleitet unbewusst von Lebensabschnitt zu Lebensabschnitt; manch einer«, sagt Werner und leitet mit dirigentenhaft schwingenden Armen ungewollt eine bedrückendere Stimmung ein, »kriecht auf den Steinen seiner Unfähigkeit, eine Umarmung der Freiheit zuzulassen; und einer trauert dem Alten so sehr hinterher, dass das Neue nichts weiter als eine Fantasie für ihn ist, ein weit entferntes Licht.« Werner blickt kurz in sich hinein, ein Moment der Stille, Vögel zwitschern draußen in den Baumkronen, ganz so, als wäre der Nebel vorübergezogen und hätte Platz für etwas Neues geschaffen, die Melodie von Rotkehlchen. »Oder das Neue ist nichts weiter als ein Zucken im Abgrund. Und so verlängert sich das Alte immer wieder bis ins Gegenwärtige hinein. Je länger dieser Zustand dauert, desto schlechter ist das Befinden, erst mit Zweifeln, dann entsteht etwas Tieferes. Es sind in den Fängen des Alten gehaltene Gedanken.«

»War es so für dich, als Oma gestorben ist?«

Ellie erschrickt vor sich selbst. Hat sie das eben gefragt? Wann immer sie auf ihre Oma zu sprechen kommt, die sie nicht kennenlernen konnte, fühlt sie sich schlecht. Auf keinen Fall möchte sie ihn traurig machen, stets hat sie Angst davor, ein zu sensibles Thema anzusprechen. Unabhängig davon, dass sie diese Frage ausgesprochen hat, geschah dies in einer Zaghaftigkeit, auf die ihre Mutter stolz sein müsste; ihre Tochter, so jung und schon so reflektiert. Gleichzeitig ist es die Lehre ihres Vaters, niemals vor Fragen zurückzuschrecken, da es kaum Schlimmeres gebe zwischen zwei Menschen als das Unausgesprochene. Und wenn eine solch direkte Frage gestellt werden kann, dann mit der Unbefangenheit eines jungen Menschen.

»Es war ... eine sehr schwere Zeit für mich. Da lebt man fast vierzig Jahre mit derselben Person im selben Haus, und plötzlich ist diese Person fort. Ich wachte auf, rollte mich automatisch auf ihre Betthälfte, um sie frühmorgens in den Arm zu nehmen ... und rollte ins Nichts«, sagt Werner leise und mit gesenktem Blick. »Für ein paar Jahre war das Aufstehen der schwierigste Teil meines Tages. Ich konnte nicht ... akzeptieren. Und damit hing ich fest, es erschien mir unmöglich, das Neue in mein Leben zu lassen, eine neue Zeit ohne meine Frau. Ellie, wie soll das Neue jemals seinen Platz im Leben einnehmen, wenn das Gegenwärtige so sehr vom Vergangenen bestimmt wird?«

Auch Werner kennt nicht jede Antwort auf all die großen Fragen.

»Ich … weiß es nicht«, sagt Ellie im Versuch, etwas Weises zurückzugeben. »Vor kurzem hat mich meine erste richtige Freundin verlassen.« Ist das dasselbe?, wollte sie fragen, doch sogleich wird sie von einem weiteren kleinen Stich getroffen. Natürlich ist es das nicht, denkt sie sich. Wie kann sie nur den Tod mit einer Trennung vergleichen. »Oh, entschuldige.«

Werner, der sieht, dass Ellie wegen dieses Vergleichs Reue empfindet, legt seine Hand auf ihre Schulter. Sie ist schwer und das Pochen der Pulsader dringt auf Ellies Knochen durch.

»Keine Sorge. Es gibt keine Hierarchie, keine Skala, wie schlimm dies oder jenes ist. Eine Trennung kann sich für einen Menschen genauso schlimm anfühlen wie der Tod des Ehepartners. Selbst ein bloßer Gedanke kann die Wucht besitzen, einen Schmerz heraufzubeschwören, der dem des Trauerns in nichts nachsteht. Die Frage ist eher, wie langlebig dieser Schmerz ist. Wenn du es denn möchtest, wirst du mit Sicherheit eine neue Frau kennenlernen, vielleicht dann, wenn du es am wenigsten erwartest, und deine alte Liebe wird nur noch als schwache Erinnerung fortbestehen. Der Tod dagegen ist endgültig – danach kommt nichts mehr. Deshalb erfordert diese neue Zeit den größten Mut, die meiste Stärke, die höchste Akzeptanz. Doch selbst der größte Mut kann nichts löschen, außer …« Werner atmet tief ein und wieder aus. »Manche Menschen sehen im Tod die Erlösung vom Vergangenen. Der Grund, warum ich dir das sage, ist einfach, dass ich ehrlich sein möchte, dass ich dir so viel Wahrheit und Erkenntnisse mitgeben möchte wie eben möglich. Bald werde ich nicht mehr die Chance haben, ehrlich zu sein, und damit werde ich all das Nichtgesagte ins Nichts mitnehmen, wo es unwiderruflich verloren ist. Anders als das, was ich geschafft habe zu erzählen.«

»Das ist okay, wir haben auch in der Schule schon über das Thema gesprochen.«

»Das ist gut.«

Denn Werner hatte Angst, er würde seine junge, friedliche Enkelin mit Sätzen betrüben, die ihre Fröhlichkeit mindern könnten.

»Hast du daran gedacht?«

»Nachdem Elisabeth fort war?«

Ellie nickt.

Natürlich, wollte Werner sagen. Dieses Bild vom Trauern wollte er Ellie aber nicht vermitteln, es ist seine Art und Weise, damit umzugehen, und dafür schämt er sich, auch wenn er weiß, dass er sich dafür nicht schämen muss. Allerdings möchte er Ellie etwas mitgeben, woran sie wachsen kann – das kann nur die Verbindung zwischen Wahrheit und Weisheit sein.

»Wir kommen später darauf zurück.«

»Okay.«

»Die Menschen entwickeln unterschiedliche Arten, mit der Vergangenheit und einem solchen Einschnitt in die Gegenwart umzugehen. Wie die, die daran verzweifeln, gibt es ebenso solche, die das Neue in Windeseile verinnerlichen. Ihre Freiheit ist am größten, weil sie das geringste Maß ihrer Vergangenheit in zukünftige Räume mitnehmen. Ihre Freiheit bedeutet jedoch auch Verlust und Verlust ist die Komponente im Übergang vom Alten zu Neuem, die in der Zukunft wie von selbst erneut auftaucht – oh, das hatte ich vergessen *wollen*. Das mutige Mädchen, das in einer attraktiven jungen Frau ihre Zukunft sieht, der Job, den eine erfolgreiche Frau halten will. Die verpasste

Chance, genug Zeit mit der eigenen Mutter zu verbringen, bevor diese stirbt.«

»Ist das der Grund, warum Mama zu dir gezogen ist? Damit sie denselben Fehler nicht noch einmal macht?«

»Es wäre die offensichtlichste Erklärung dafür, ja. Als deine Oma starb, war deine Mutter gerade einmal ein paar Jahre älter als du jetzt. Leider war ihr Verhältnis sehr angeknackst, sie stritten ständig, mieden einander. Und dann, dann sollten sie die Chance verpasst haben, dass sie sich hätten vertragen können.«

»Ich streite auch oft mit Mama.«

»Es ist nie zu früh, Streitereien beiseitezulegen. Dagegen kann es jederzeit zu spät sein.«

»Es ist so schwer.«

»Ich weiß.«

Ellie dachte an die Worte ihres Vaters. Er sprach sie und ihre Mutter oft beim Abendessen darauf an: Wollt ihr nicht einfach mal ganz ehrlich euch die Meinung geigen und dann ist gut? Und ehrlich gesagt, natürlich wollten sie das, aber nicht immer konnten sie es auch. Weil Aussprache viel Mut erfordert, das Unausgesprochene aber nicht.

»Wir streiten uns ja erst seit zwei oder drei Jahren so viel. Mama sagt immer, meine Pubertät sei schuld, vielleicht hat sie recht, aber mir ist völlig egal, was daran schuld ist. Trotzdem frage ich mich, habe ich mich so stark verändert, dass sie deshalb immer wütend wird? Immerhin hat sie davor keine Gründe gesehen, mit mir zu streiten, jetzt aber findet sie jeden Tag welche.«

»Eine sehr wertvolle Frage, die du dir da stellst. Auch das hat mit der neuen Zeit zu tun, in der du dich befindest. Du denkst, du seist zu einem ganz neuen Menschen geworden. Dieses Gefühl kenne ich. Soll ich dir eine kleine Geschichte über mich und deine Großmutter erzählen?«

»Oh ja!«

»1962, da bin ich mit deiner Großmutter nach Kanada ausgereist. Mein Bruder war vor mir da, er sagte, Werner, komm rüber, hier gibt es Arbeit, damit kannst du ein Haus kaufen. Ich fragte ihn, was ist mit meiner Freundin. Er sagte, nimm sie mit. Also fragte ich deine Großmutter, sie überlegte eine Woche, dann sagte sie, ja gut, wenn du es unbedingt probieren willst, lass uns zusammen nach Kanada gehen. Du glaubst nicht, in welcher Stimmung ich mich befand, als wir dort ankamen. Es hat sich alles so neu angefühlt, so aufregend, die Welt war so groß und voller Chancen. Auch ich sah mich in einem neuen Licht, ich war plötzlich dieser selbstbewusste junge Mann aus Deutschland, der den Kanadiern zeigte, wie man richtig anpackt. Meine Mentalität wurde wertgeschätzt, ich wurde schnell befördert, leistete mir dieses dolle Auto, einen Cadillac mit hellblauem Lack, einen neuen Anzug, ein beschauliches Haus. Ja, ich sah in den Spiegel und dachte, ich sei ein ganz neuer Mensch geworden, ganz anders als dieser zurückhaltende, leise Mitarbeiter in Deutschland, einer von vielen, der so eben den Standardlohn erhielt und gerade so die Miete zahlen konnte. Doch weißt du, ganz gleich, wie sehr man glaubt, man sei ein komplett neuer Mensch, man ist doch zu jeder Zeit die Gesamtheit seiner Vergangenheit, vom ersten Atemzug bis ins Jetzt. All das, mit jeder Faser des Erlebten, als sei das neue Ich nichts Neues, nur ein weiterer Anker im dicht gespannten Netz aller Erfahrungen, vom ersten Sehen bis zum gegenwärtigen Gedanken. Also ist das neue Ich jederzeit auch das Original, es kann sich nicht vom alten Ich lösen, sondern sich nur entwickeln. Zeit für Neues bedeutet auch, sich selbst zu akzeptieren als entwickeltes Ich und nicht daran zu zweifeln, wie viel von dem, was man mal war, nicht mehr ist. Dazu gehört auch, in den Meinungen der anderen etwas Leichtes, nahezu Anerkennendes zu sehen, wenn sie sagen: Du hast dich verändert.«

»Kaum jemand meint das aber nett. Sie meinen damit immer, du hast dich zum Schlechten hin verändert.«

»Was, wie ich finde, kein schöner Charakterzug der Gesellschaft ist. Selten, viel zu selten fallen solche Worte in fröhlicher Absicht, in anerkennender, zustimmender Form; und ja, wir tun uns schwer damit, fremde Meinungen von uns fernzuhalten, so sehr wir auch versuchen, sie zu ignorieren. Das Gehör, das wir ihnen schenken, ist Teil des alten Ichs, das uns zuflüstert, wir müssten das Entwickelte auf seinen altbekannten Stand zurückbringen. Um Zeit für Neues zu schaffen, sollte man sich ermutigt sehen, Altes wie einen Luftzug zu filtern und nur das daraus festzuhalten, was die Zukunft mit Freiheit erfüllen kann. Der Freiheit, seine Entwicklung, seine Schwellenübergänge mit einer inneren Zustimmung und Ausgewogenheit zu begegnen. Du hast dich verändert und das ist gut so.«

»Also muss ich in erster Linie mit mir selbst zufrieden sein … und unabhängig davon, für einen Erwachsenen sollte es auch keine große Überraschung sein, zu sehen, dass sich Jugendliche während ihrer Pubertät verändern. Beziehungsweise, wie du sagst, entwickeln.«

»Genau. Manchmal sind Erwachsene einfach zu sehr damit beschäftigt, erwachsen zu sein, und dabei übersehen sie die Entwicklung, die ihnen selbst widerfahren ist. Gleichzeitig wird all das Alte in dir in unterschiedlichen Nuancen bestehen bleiben, deine Mutter muss sich nicht fürchten, dass das Kind, was sie großgezogen hat, für immer fort ist.«

»Vielleicht sollte ich mal mit ihr reden. So was sagen wie: Hey Mama, du brauchst keine Angst zu haben, ich bin immer noch ich.«

»Ob mit braun gefärbtem oder blondem Haar. Ich mag deine neue Haarfarbe.«

»Danke, Opa.«

»Das, was du getan hast, ist ein Schritt vorwärts. Deine Mutter sieht das noch nicht, sie fühlt nur den Schrecken, den ihr deine neue Haarfarbe eingejagt hat, weil sie dich nicht wie früher kontrollieren kann. Du wirst älter und das Älterwerden legt dir für deine Mutter ungewohnte Freiheiten in die Hände. Und als du entschieden hast, deine Haarfarbe zu ändern, war die Zeit für Neues gekommen. Ich vergleiche das gerne mit einem Sonnenaufgang oder mit einer Knospe, die erblüht. War sie zuvor in Dunkelheit gehüllt, wird sie nun von Strahlen empfangen, die überbordend und hell das Neue symbolisieren – von der Dunkelheit ins Licht zu treten, der Unterschied könnte nicht größer sein. Jetzt stehst du im Licht, liebe Ellie, mit neuer Haarfarbe und neuem Mut.«

Ellie lächelt. Aus der Küche ertönt das Geräusch von schlierendem Porzellan, Teller werden aus den Schränken geholt und der holzartige Aufprall verrät, dass der Tisch gedeckt wird. Aus einem Kochtopf zischt es laut. Draußen wetteifern Vögel um den schönsten Gesang.

»Ich wollte mich verändern. Ich habe in den Spiegel geschaut und mich nicht so recht gemocht. Erst recht nicht, als meine Freundin Schluss gemacht hat.«

»Du hast etwas Gegenwärtiges in Frage gestellt, es angezweifelt und durch eine ganz konkrete Handlung einen

Schritt vorwärts gemacht, um das Zurückliegende zu akzeptieren. Das ist bewundernswert. Nicht viele in deinem Alter haben die Fähigkeit, nicht nur festzustellen, *dass* etwas nicht stimmt, sondern auch herauszufinden, *was* nicht stimmt, und dem dann mit einer konkreten Handlung entgegenzuwirken. Zu oft ist dort eine Dunkelheit, von der ein junger Mensch nicht weiß, wo sie herkommt. Andererseits kann es ebenso sein, dass durch das Fehlen einer selbstkritischen Reflexion etwas Gegenwärtiges gar nicht erst in Frage gestellt wird. Auch das ist Akzeptanz, allerdings eine, die nicht zu einer neuen Zeit führt, weil sie lediglich unbewusst geschieht. Es kann sich wohl kaum etwas grundlegend verändern, wenn wir uns der Gegenwart nicht bewusst sind.«

»Manchmal habe ich das Gefühl, dass sich kaum jemand reflektiert. Keiner in meiner Klasse, aber auch keiner der Erwachsenen. Niemand da draußen.«

Werner löst den Blick von Ellies wachsamen Augen und blickt erneut zum Fenster heraus. Fort ist der Nebel, der Berg am hintersten Ende der Felder kommt zum Vorschein. Dann schmunzelt er.

»Eine interessante Beobachtung. Und wie recht du hast. An manchen Tagen scheint die Menschheit stillzustehen. Das Unwissen, das aus dem Nichtreflektierten entsteht, kann für viel Unordnung sorgen, für indirekt Beteiligte, aber vor allem für diejenigen, die diese zerfließenden Schwellen erleben, demnach nicht mit vollem Bewusstsein wissen, was da gerade passiert. Ist es ein Übergang, etwas Neues oder weiterhin das Alte in leicht veränderter Form? In gewisser Weise liegt darin auch ein Stück Freiheit, weil scheinbar dauerhaft akzeptiert wird, die Dinge, wie sie sind, und vielleicht, wie sie schon immer waren, werden hingenommen, und vielleicht sogar verteidigt.«

»Du stellst das so dar, als sei das etwas Gutes. Ich finde das überhaupt nicht gut, um ehrlich zu sein. Die Menschen müssen doch hinterfragen, was sie tun, damit sie ihre schlechten Gewohnheiten oder unglücklichen Lebensabschnitte hinter sich lassen«, sagt Ellie und fragt sich gleichzeitig, warum sie das nicht schon längst selbst gemacht hat.

»Auch damit hast du recht. Sich vom Fluss der Zeit mitreißen zu lassen, ohne Gegenwehr, ohne Achtsamkeit, kann wohl kaum erstrebenswert sein. Erst wenn wir dagegen anschwimmen, kann Veränderung geschehen. Deshalb wäre es naiv zu denken, die von diesem unwissenden Zustand Mitgerissenen würden von Problemen befreit sein, würden ein einfacheres Leben führen als solche, die sich zu viele Gedanken um das Alte und Neue, um Entwicklung machen. Vielleicht bedeutet dieser Zustand lediglich eine Verkleinerung der Dinge, um die sich Gedanken gemacht, mit denen sich beschäftigt wird. Weniger Gedanken führen womöglich zu mehr Freiheit, nicht aber zu weniger Problemen. An dieser Stelle ist es wichtig, etwas zu begreifen: Menschen haben alle dieselbe Fülle an Problemen, nur die Substanz dieser Probleme ist verschieden, ihre Ursachen, ihre Hintergründe, die jeweils eigenen Vergangenheiten. Kommt eine neue Zeit, kommen neue Probleme. Im Generellen sind sie sehr negativ behaftet, symbolisierte Mauern, die überwunden werden müssen, oftmals erscheinen sie viel zu hoch, um sie anzugehen, und dann scheint es, als würden sie verdrängt und auf unbestimmte Zeit nach hinten geschoben werden. Gleichzeitig sind Probleme die Herausforderungen der neuen Zeit, sie sind es, die das Neue wirksamer machen. Sie füllen das

Neue mit tieferen Dimensionen. Eine neue Zeit geschieht niemals auf einer einzelnen Ebene und sollte es keine Probleme geben, nachdem ein Lebensabschnitt übertreten wurde, ist das Neue von geringer Tiefe; und ohne Tiefe im Neuen kann das Neue nicht wirklich neu sein, oder? Oft ist es jedoch so, dass sich diese Tiefen ebenso wie die Tragenden des neuen Zustandes erst entwickeln müssen. Zu Beginn des neuen Lebensabschnittes fühlt sich das Neue, und das ist gut so, aufregend und leicht an, weil es noch keine weiteren Ebenen besitzt.«

»Wie der Beginn einer Beziehung.«

»Der Umzug in ein neues Land.«

»Oder eine neue Haarfarbe.«

»Oh, wie schön diese Momente zu Beginn sind, nicht wahr? Sich in einer einzigen Dimension im Neuen zu befinden ist ein Privileg, es ist das Freie, Unabhängige, das Leichte und grenzenlos Akzeptierende. Eine von allem losgelöste Momentaufnahme. Oh, Augenblicke von scheinbar unendlicher Schönheit, bis die Kerze des Neuen ihren letzten Tropfen abgegeben hat.«

»Und dann?«

»Fortan gesellen sich weitere Dimensionen im Neuen dazu, Herausforderungen, Probleme; auch das Alte tritt aus dem Nebel dieses freien Beginns wieder hervor, es kämpft sich ins Bewusstsein und wieder einmal spielen die Gedanken das Puzzle der Vergangenheit. Zunächst kriegt man nicht viel zusammen, das passt nicht, dieses Teil gehört hier nicht hin, doch mit der Zeit verschafft man sich einen Überblick über das vermeintlich Abgeschlossene, was niemals abgeschlossen ist. Weil es ein Teil von dir ist. Das Gesamtbild des Alten trägt selten zu mehr Freiheit in der Gegenwart bei, wenn der Blick auf das Alte kopfschüttelnd geschieht und man froh, so verdammt froh ist, sich in etwas Neuem zu befinden. Leider aber bedeutet dies nicht, dass akzeptiert wird, was geschehen ist. Oder dass sich damit überhaupt auseinandergesetzt wird. Im Gegenteil, das Alte wird zu einem Endgegner mystifiziert, einem Koloss, der manchmal hinter den Bergen sein Unheil treibt«, Werner zeigt hinaus auf den Berggipfel, dann legt er seine Hand auf die Brust, »und manchmal geradewegs über die Brust stampft und ein Bild der Verwüstung hinterlässt.«

»Das klingt nach einem großen Kampf.«

»Oh ja. Und in der neuen Zeit werden Kämpfe wie diese geschehen. Es ist unmöglich, sich ihnen zu entziehen. Ich sehe unseren Kopf, also unsere Gedankenwelt, gerne als Arena an, in der gekämpft wird. Der Kampf ist das Gleichgewicht in der Gegenwart, die Kämpfer sind das Neue und das Alte und der Gewinner erhält wertvolle Zeit, bis zum nächsten Kampf. Man weiß nicht, wann der nächste Kampf stattfindet, und so ist es möglich, die neue Zeit nach dem Kampf zu genießen. Einen Kampf zu gewinnen bedeutet also auch, temporär zu akzeptieren, was in der Vergangenheit geschehen ist, und zu verstehen, warum man sich jetzt in einem neuen Lebensabschnitt befindet. Das Ziel ist die endgültige Akzeptanz, eine Akzeptanz so allumfassend, dass das Neue auch mit einem anderen Wort betitelt werden kann: Glück.«

Am liebsten würde Ellie nun erneut nach Großmutter fragen und ob Opa hiermit von dem Wunsch spricht, die Zeit nach ihrem Tod zu akzeptieren. Stattdessen schweigt sie und formt mit ihren Lippen einen halbseitig lächelnden Ausdruck; Verständnis. Glück, ja, das wollen wir alle haben, denkt Ellie.

»Wir streben nach Glück«, sagt Werner und nickt dabei etwas zu heftig, als wäre er sein ganzes Leben auf der Suche danach gewesen, offenlassend, ob er es gefunden hat oder nicht, »wir dürsten danach, ohne genau zu wissen, was Glück eigentlich ist. Glück ist ein Phänomen, das sehr eng mit einem neuen Lebensabschnitt verbunden ist, es ist das höchste Gefühl darin, ein attraktives Versprechen, der Grund, weshalb Schwellen übertreten werden, Altes hinter sich und Neues in sich hineingelassen wird. Ist Glück in Reichweite, sind wir blind für das Alte. Ohne Rücksicht auf Verluste werden Abgründe übersprungen, nicht wissend, ob man nicht genau dadurch in einen neuen Abgrund fällt, aber die Chance, dass da eben kein neuer Abgrund wartet, sondern das vermeintliche Glück, was auch immer das sein soll, macht den Sprung zu attraktiv, und wie es halt so ist mit der Attraktivität, man schafft es nicht immer, sich ihr zu entziehen. Man möchte meinen, Attraktivität geschieht grundlos, aber so ist das nicht. Attraktivität nimmt sich Erfahrungen und bastelt daraus instinktive Sehnsüchte in der Gegenwart, die da so groß sind, dass wir von ihnen geleitet, vielleicht auch geschubst werden, gedrängt, sich ihnen hinzugeben. Es mag das Normalste der Welt für uns Menschen sein, sich attraktiven Gedanken zu unterwerfen, manchmal ist es aber auch das Verheerendste. Die Rücksichtslosigkeit im blinden Folgen eines zu attraktiven Gedankens ist beispiellos – sie kann zerstören, sie kann zu Verlust führen, sie trägt das Potenzial in sich, dass man viele Jahre später zurückblickt und den Augenblick verdammt, in dem wir zu schwach waren, das Attraktive zu reflektieren. Im selben Atemzug muss aber auch die Chance genannt werden, durch die eigene Blindheit zu etwas sehr Schönem zu gelangen, eben zu langanhaltenden Glücksgefühlen. Das teils bewusste, teils unbewusste Abwägen zwischen Verlust und Chance ist im Grunde genommen eines: das Handhaben von Zeit.«

So habe ich das noch nie gesehen, denkt Ellie. Sie notiert es: *Das Abwägen zwischen Verlust und Chance ist das Handhaben der Zeit.*

»Warst du mal in deinem Leben rücksichtslos?«, fragt sie, weil sie glaubt, sie habe schon so einige rücksichtslose Momente in ihrem Leben gehabt.

»Ja. Damals, nach zwei Jahren in Kanada, entwickelte deine Großmutter eine unbändige Sehnsucht, in die Heimat zurückkehren zu wollen. Ich verstand nicht wieso, wir hatten dort alles, was wir wollten, ein Haus, ein Auto, gut bezahlte Arbeit. Deine Mutter wurde geboren, ihr mangelte es an nichts. Wir hatten meterhohen Schnee im Winter und hunderte Badeseen im Sommer. Doch was wir nicht hatten, war die Nähe zu ihrer Familie, sie vermisste ihre Eltern und Geschwister so sehr. Schon der Abschied aus Deutschland war ihr schwergefallen; sie hatte sich nichts anmerken lassen, sie ließ es wie eine Impulsentscheidung aussehen und unterdrückte, mir zuliebe, jegliche Zweifel, ob sie es aushalten könnte, so lange so weit weg von der eigenen Familie zu sein. Nach zwei Jahren brach das einst Unterdrückte hervor. Wir begannen uns zu streiten, zurückkehren, nein, das war das Letzte, was ich wollte. Und diesen Willen setzte ich durch, für Monate, für zwei weitere Jahre, bis sie vor mir zusammenbrach, sie fiel auf die Knie und flehte mich an, lass uns zurückkehren, ich vermisse meine Heimat, ich halte die Ferne nicht mehr aus. Plötzlich sah ich es, meine Frau, sie war am Boden, die Frau, die ich liebte, zerbrach an meiner Rücksichtslosigkeit. Fast hätte ich deine Großmutter verloren. Kurz danach packten wir unsere Sachen, ich kündigte schweren Herzens, verkaufte das Auto und das Haus und wir flogen nach Deutschland zurück. Das Glück, das ich in den Augen deiner Großmutter sah, war unendlich. Obwohl mich die Rückkehr zunächst betrübte, waren wir in einer neuen Zeit angekommen, in der meine Frau durch den Park tanzte wie einige Jahre zuvor, als ich sie kennengelernt hatte. Alles würde nun wieder neu sein und gleichzeitig so vertraut.«

»Ich bin froh, dass du auf Großmutter gehört hast.«

»Wenn nicht, hätte ich es mir nie verziehen. Und all das, das ist Zeit, in fundamentaler Betrachtung. Um dir einen letzten Gedanken zur Zeit für Neues noch mitzugeben: der Wunsch, Neues zu erleben, kann im Großen geschehen, ein Umzug in ein anderes Land, eine neue Liebe, er kann aber auch im Kleinen geschehen, von jetzt auf gleich, von der einen zur anderen Sekunde. Denn das sind Gedanken, sie sind Sekunden im Kopf, so schnell, wie sie auftauchen, verschwinden sie auch wieder und es obliegt uns, ihnen Aufmerksamkeit zu schenken und damit den Effekt zu verlängern, den eine Sekunde im Kopf anrichten kann. Zeit für Neues, das können auch neue Sekunden sein, das kann der kleinstmögliche Kampf sein, um in der nächsten Sekunde einen neuen Gedanken greifen zu können. Abwägungen im Sekundentakt, das klingt erst einmal nach sehr viel Stress, aber so funktioniert unser Gehirn und auch die Zeit, in der wir uns befinden. Im Grunde ist Zeit eine Abfolge von Erwägungen und Taten, die aus ihnen folgen.«

»Ich habe noch nie versucht, eine einzelne Sekunde wahrzunehmen. Sie geht zu schnell vorbei. Manchmal gehen Stunden vorbei, nach denen ich mich frage, ob irgendetwas passiert ist.«

»Dieser Zustand ist nur allzu menschlich, er fühlt sich dann in etwa so an, als würden wir außerhalb der Zeit stehen und unsere Teilnahme an der Zeit setzt für einige Stunden aus. Doch eben das ist es, was verhindert werden muss. Jede Sekunde birgt die Chance, wahrgenommen zu werden; damit kann aus ihr etwas Größeres entstehen. Das Schaffen von Neuem. Ja, einzeln verstreichende Sekunden sind der Mikrokosmos einer neuen Zeit. Sobald wir in der Lage sind, in einer einzelnen Sekunde einen einzelnen Gedanken zu sehen, der das Potenzial hat, zu etwas Neuem zu werden, ist die Grundlage für einen neuen Lebensabschnitt geschaffen.«

»Eine einzige Sekunde, die ausreicht, um den Grundstein für einen neuen Lebensabschnitt zu legen.«

»Das klingt cool, oder?«

»Schon irgendwie.«

»Wir können uns die Sekunden, und damit einzeln auftauchende Gedanken, wie Züge vorstellen, die an uns vorbeirauschen. Wenn wir den Zug nicht anhalten können, verpassen wir die Chance, den Gedanken zu greifen. Darum geht es: Gedanken zu greifen, um ihnen eine weitere Sekunde zu schenken. Vielleicht werden sie dadurch zu etwas Großem.«

Gedanken, die wie Züge an uns vorüberfahren, denkt Ellie. Und wir müssen sie anhalten.

»Du merkst, dir wird eine aktive Rolle zugeschrieben. Denn Gedanken entfalten sich nicht von selbst in dir. Dies bedarf zuallererst des Bewusstseins, dass es sie gibt und dass sie ein Potenzial in sich bergen; auch Achtsamkeit, um sich die nötige Ruhe zum Nachdenken zu geben; dann Übung, um sie anzuhalten, erneut zu durchlaufen, um sie wirklich zu verstehen. Und zuletzt wird das Geübte zur

Gewohnheit. Du siehst deine Gedanken, hältst sie beliebig an und gibst ihnen die Chance, sich zu entfalten. Das ist der Beginn von etwas Neuem.«

»Und das klappt ganz sicher? Warum machen wir das nicht immer?«

»Weil die meisten nicht wissen, dass sie die Fähigkeit dazu haben. Gedanken verklingen, wie Sekunden, oftmals in tragischer Unaufmerksamkeit. Wir verachten sie und damit meine ich lediglich, dass wir ihnen nicht die nötige Beachtung schenken. Vielleicht glauben wir, Sekunden sind irrelevante Teile des Ganzen, Teile einer Minute, einer Stunde, eines Tages, zu klein und flüchtig, sodass wir glauben, wir seien unfähig, sie überhaupt wahrnehmen zu können. Daher gilt es zu lernen, sie wahrzunehmen; auch um das Zeitgefühl zu verlängern. In Retrospektive fühlt sich Zeit immer dann am schnellsten, am flüchtigsten an, wenn wir viel erlebt haben, also müssen wir hier und da innehalten, einfach mal nichts machen und unseren Gedanken eine Chance geben. Lass es mich so ausdrücken«, sagt Werner, während er abermals aus dem Fenster schaut, als läge dort das Sammelsurium seiner Erfahrung, »wir müssen in Sekunden ein Konstrukt aus Wolken sehen, eine Form, die wertgeschätzt werden möchte. Ein kurzer Blick in den Himmel, ein Moment der Achtsamkeit für das Schöne, resultiert in Wertschätzung, unabhängig davon, wie außergewöhnlich der Anblick ist. Und schon ist eine Sekunde verstrichen, die ihren Platz in unserem Leben eingenommen hat. Sie wird unendlich: eine unendliche Sekunde.«

II. Zeit zum Lieben

Sabine ruft aus der Küche, das Essen sei fertig, wobei sie sich bemüht, eine besonders harmonische Stimmlage in den Ruf zu legen, indem sie *fertig* langzieht, beinahe singt. Sie betont es nicht Ellie zuliebe, ihr Verhältnis ist aktuell ziemlich angespannt, sondern für ihren Vater. Ihr Wunsch, Werners Zeit, die ihm jetzt noch bleibt, möglichst fröhlich und möglichst glücklich zu gestalten, ist sehr groß. Daher, als sie zu dritt am Tisch sitzen, nachdem Ellie ihrem Großvater aufgeholfen und bis zum Tisch gestützt hat, verhält sie sich, als gäbe es die jüngsten Streitereien mit ihrer Tochter nicht. Es soll harmonisch sein, Großvater soll glücklich sein. Werner allerdings begegnet der sehr gewollten und beinahe schon übertriebenen Fröhlichkeit seiner Tochter mit einem Hauch von Misstrauen, vor allem, da er genauestens über das Verhältnis von Mutter und Tochter Bescheid weiß. Trotzdem bringt er ein Lächeln hervor, als Sabine die große Kelle in den Eintopf schwingt und mit platschendem Genuss einen kleinen, gut gewürzten See voll mit Linsen, Möhren und Schnittlauch in den tiefen Teller legt. Auch weil er weiß, ihre Anstrengung, Fröhlichkeit zu vermitteln und über Streitereien hinwegzusehen, geschieht aus Liebe.

»Danke«, sagt Werner.

»Guten Appetit«, sagt Sabine.

Ellie nickt.

Während sie ihre Löffel füllen und die Hitze in der Suppe mit vorsichtigem Pusten zu mildern versuchen, kommt Werner der Gedanke, dass sich seine Tochter in einem Abschnitt ihres Lebens befindet, in dem all ihre Handlungen und all ihre Worte derselben Ursache entspringen; ja, seinem bevorstehenden Tod, aber vielmehr der Liebe, die daraus hervorgeht. Als sie vor einigen Wochen zusammen beim Arzt waren und dieser deutlich machte, dass es dem Ende entgegengehe, schlang sie sich um seinen Hals, sie weinte und sagte, oh nein, oh nein. Es war, als sei in diesem Moment eine neue Zeit für Sabine gekommen, die Zeit zum Lieben. Denn wenn eines im Alltag von selbstverständlicher und damit von fast unbeachteter Natur ist, dann ist es Liebe, der wir selten Gehör schenken, sondern die wir zumeist übersehen. Seit dem Arztbesuch allerdings schien sich seine Tochter der Notwendigkeit bewusst geworden zu sein, ihre Anstrengungen der Liebe um ein Vielfaches zu steigern. Bald würde da nämlich ein Mensch weniger in ihrer Familie sein, dem sie Liebe schenken könnte, also kann sie nun eine Zeit lang mit ihrer Liebe für den Vater so verschwenderisch umgehen, wie es ihr nur möglich ist. Natürlich formulierte sie diese Feststellung nicht genau so in ihren Gedanken, es war eher ein Impuls, dem sie folgte. Der Impuls der Liebe.

»Jessi hat Schluss gemacht.«

Ellie durchbricht das Schweigen, das lediglich von Schlürfgeräuschen gespickt war. Ihre Augen beobachten die winzigen Wellen auf dem Teller, die entstehen, sobald sie mit dem Löffel darin rührt. Sie hatte nicht vor, darüber zu reden, aber jetzt war es ausgesprochen.

»Oh«, sagt Sabine. In ihren Augen flackert ein hilfloser Funken auf, nicht so recht wissend, ob sie darauf ganz normal eingehen kann, war da doch zu viel Streit in den letzten Monaten. »Das erklärt jedenfalls, warum du keine Bilder mehr mit ihr auf Facebook hochlädst.«

Ellie seufzt. Dann dreht sie sich zu Großvater, der neben ihr sitzt, und sagt: »Wenn deine Eltern auf demselben sozialen Netzwerk sind wie du, weißt du, dass es Zeit wird, die Plattform zu wechseln.«

»Na, ich lebe ja hinter nicht hinterm Mond«, sagt Sabine und schüttelt dezent den Kopf, gerade so, dass sich Werner gezwungen sieht, einzugreifen.

»Deine Mutter schaut sich ganz bestimmt das an, was du machst, aber nur, weil sie sich um dich sorgt. Eine Mutter will wissen, was ihre Tochter so treibt, erst recht in Zeiten, in denen sie nicht so häufig miteinander reden.«

»Danke, Papa.«

Ellie beißt sich auf die Lippen. Das tut sie oft in unangenehmen Situationen oder dann, wenn sie nicht weiß, was sie sagen soll. Und ganz bestimmt nicht sagen wird sie das, was ihr gerade durch den Kopf geht, *dann soll sie aufhören, mich für jede Kleinigkeit anzumeckern*, das sieht Ellie ein, der Zeitpunkt der Aussprache ist noch nicht gekommen und überhaupt, das Wochenende gilt ihrem Großvater, nicht ihrer Mutter.

»Erinnerst du dich, wie ich dir vorhin von der Zeit für Neues erzählt habe und dabei auf einzelne Sekunden eingegangen bin? Wenn deine Mutter sich die Zeit nimmt, nachzuschauen, was in deinem Leben so vor sich geht, ist dies ebenso eine kleinstmögliche Handlung, die es ihr erlaubt, ein Teil deines Lebens zu sein. Es mag zwei, vielleicht drei Minuten dauern, bis sie sich wieder etwas anderem widmet, doch in diesen Minuten nimmt sie sich Zeit für dich. Sie nimmt sich Zeit zum Lieben. Denn das ist es, was sie macht, ihre Neugierde geschieht aus Liebe, und wenn sie dieser Neugierde folgt, äußert sie ihren Wunsch, dir nahe zu sein.«

»Du sagst es, Paps.«

Ellie hütet sich weiterhin, etwas von sich zu geben. Dass sie stur bleibt, liegt wohl an der Jugend. Ironischerweise ist dies für Werner offensichtlicher als für Sabine, ist seine Jugend doch noch um einiges länger her, als würde sich, je größer die zeitliche Distanz zu einem Lebensabschnitt wird, eine ganz neue Nähe auftun, die es erlaubt, eine empathische und verständnisvolle Perspektive einzunehmen. Allerdings kann dies erst gelingen, wenn die Umstände der Gegenwart einen freien Blick darauf gewährleisten und nicht, wie sich bei Sabine und Ellie zeigt, die Nähe zu einem gegenwärtigen Streit verhindert, dass darauf mit einer besonnenen Distanz reagiert werden kann. Gewiss sind das Distanzieren und das Einnehmen einer neuen Perspektive die Grundlage zum Lösen eines Problems. Kommt nach der Nähe keine Distanz, bleibt ein Problem bestehen. Und wo sonst ist das Zusammenspiel von Nähe und Distanz größer als in der Liebe?

»Sich Zeit zu nehmen, um zu lieben, ist eine der Säulen, auf der Beziehungen aufgebaut sind. Innerhalb einer Familie oder zwischen zwei fremden Menschen, die sich kennen und lieben lernen. Während das Kennenlernen und Liebenlernen allerdings Liebe in den sichtbarsten Formen erscheinen lässt – ein eindeutiger Blick, eine etwas zu langgeratene Umarmung, die erste Nacht zusammen –, ist die Liebe innerhalb einer Familie den ganzen langen Tag über unsichtbar. Eben weil wir darin lediglich etwas Gegebenes sehen, etwas, das schon immer da war und an das wir uns gewöhnt haben, sodass wir den Großteil der Zeit nicht wissen, ob das, was zwischen Familienmitgliedern passiert, eigentlich Liebe ist oder etwas, das keinen Namen trägt, keiner eigenen Bezeichnung bedarf, um es zu beschreiben.

Einerseits ist es selbstverständlich, sich in der Familie Zeit zum Lieben zu nehmen, weil es unbewusst geschieht, wir also nicht wissen, dass wir uns Zeit dafür nehmen. Andererseits verhindert die Selbstverständlichkeit, dass Liebe wertgeschätzt wird. Ellie, was hat deine Mutter früher jeden Abend vor dem Einschlafen für dich getan? Saß sie an deinem Bett, hat sie dir Geschichten vorgelesen, bis du eingeschlafen bist?«

»Ja.«

»Damit hat sie sich jeden Abend Zeit zum Lieben genommen. Die Wiederholung an jedem einzelnen Abend hat es für dich selbstverständlich aussehen lassen und mit Sicherheit hast du ihr nie gesagt, wie viel es dir bedeutet hat, natürlich nicht, du warst ein Kind und alles, das Eltern zu ihren Kindern tragen, ist für diese selbstverständlich und nicht zu hinterfragen. Doch etwas sehr Ähnliches geschieht auch heute, viele Jahre später, und es macht keinen Unterschied, wie alt du jetzt bist und wie alt du damals warst. Du hast es mir selbst gesagt, deine Mutter wollte, dass du mich dieses und nicht erst nächstes Wochenende besuchst. So, wie sie dir dein Leben lang schon Dinge empfiehlt, die auf ihrer Erfahrung basieren und die sie dir aus Liebe, aus Schutz und Fürsorge weitergeben möchte. Vielleicht sagst du jetzt, das ist ja wohl selbstverständlich, das sollten Eltern ja auch machen, aber worauf ich hinauswill, ist: deine Mutter nimmt sich Zeit, dich zu lieben, und in den allermeisten Fällen weißt du es nicht einmal.«

»Hm.«

»Versteh mich nicht falsch. Das ist kein Vorwurf. Das ist menschlich. Jeder von uns ist den Großteil seines Lebens unfähig zu begreifen, was eigentlich in tausenden alltäglichen Handlungen und Worten geschieht. Ich glaube:

Es ist Liebe. Es sind mal mikroskopisch kleine, mal überwältigend große Liebesbeweise. Manche sind unscheinbar wie Sandkörner, das Anklopfen an die Zimmertür, ist alles okay bei dir, das Schmieren eines Brotes für die Schule, die Erlaubnis, heute länger wegbleiben zu dürfen. Manche sind so offensichtlich und hell leuchtend wie Vollmonde, wie das Aufgeben seines Jobs, damit man sich um den alten Vater kümmern kann.«

Eine winzige Träne löst sich in Sabines Augenwinkel, sie steht auf und umarmt ihren Vater.

»Ich möchte ja nur bei dir sein.«

»Liebes, das bedeutet mir unendlich viel.«

Danke, oh ja, auf irgendeine Art Danke zu sagen, ist wohl der kleinste, zugleich schönste Beweis, gezeigte Liebe und damit selbstlos verbrachte Zeit zu wertschätzen. Werners faltige Augen ziehen sich malerisch zusammen. Ein schöner Moment.

Ellies Sturheit gleitet davon. Ihr Großvater hat recht, sie hat ihr Leben lang jegliche Worte und Handlungen ihrer Mutter, wie auch ihres Vaters, ach, ihrer ganzen Familie mit einer unbewussten Selbstverständlichkeit hingenommen. Plötzlich wird ihr etwas klar.

Den Teller vor sich fest anvisiert, sagt sie: »Mama, du hast schon so viel für mich getan und mir ist gerade klargeworden, dass ich dir dafür noch nie richtig Danke gesagt habe. All die Gute-Nacht-Geschichten, die geschmierten Brote, die Geschenke. Ich ...« Ihre Stimme bricht im Widerwillen, aufgrund der vielen Streitereien auf ihre Mutter zuzugehen, doch sie fühlt, dass sich dieser Widerwille ein wenig von ihr löst.

»Halb so schlimm. Ich schätze, es ist die Aufgabe der Eltern, damit ins Reine zu kommen. Für jedes Kind, jeden

Teenager ist jegliches Handeln seiner Eltern selbstverständlich, dein Großvater hat es eben gesagt. Natürlich denken wir uns oft, wie schön es wäre, dafür Anerkennung und Wertschätzung zu erhalten, ein kleines Dankeschön reicht ja schon. Aber ich glaube, es ist der Beruf einer Mutter und eines Vaters, das Fehlen dieser ausgesprochenen Dankbarkeit nicht zu verurteilen, ganz gleich, wie viele tausende Male man sich die Zeit für sein Kind nimmt, um ihm Liebe zu schenken. Mit Gute-Nacht-Geschichten, mit Ratschlägen, mit geschmierten Broten, mit kleinen Aufmerksamkeiten, mit jedem Male, da ich an deine Zimmertür geklopft habe, weil ich dich weinen gehört habe. Und jetzt weiß ich, wieso, deine Freundin hat Schluss gemacht, das tut mir leid.«

»Danke, Mama.«

»Schon okay. Eine Umarmung?«

Obwohl es ihr schwerfällt, öffnet Ellie die Arme und Sabine umarmt auch ihre Tochter. An diesem Tisch, auf diesem Stück Land ist die Welt ein Mittagessen lang wieder in Ordnung. Mit ein paar Worten und ein paar Gesten wird sich die Zeit zum Lieben genommen und damit werden nebeneinander herlaufende Zeitstrahlen, Werners kommender Tod, die unzähligen Streitereien zwischen Mutter und Tochter und all die Probleme, die noch nicht ausgesprochen wurden doch unbewusst belasten, für wenige Minuten außer Kraft gesetzt. Sie werden angehalten, um sich eine Pause davon zu verschaffen. Das ist es, was das Bewusstsein mit uns macht in Momenten, in denen wir lieben, es werden Herausforderungen und Probleme angehalten und es legt sich ein langsam sich verflüchtigender Teppich darüber, der zunächst Wärme bringt und bald wieder die Kälte angehaltener Zeiten.

»Und wieso hat Jessi Schluss gemacht?«, fragt Sabine und beginnt sich auf das Essen vor ihr zu konzentrieren, um sich einiger Emotionen zu entledigen und das Gespräch wie eine normale Unterhaltung aussehen zu lassen.

»Sie sagte, es sei nicht der richtige Zeitpunkt für eine Beziehung.«

»Hm.«

Sabine tut sich schwer, nach einer Erklärung oder einer Relativierung oder einem Aufmuntern, sei es nur nach einem Satz, der Verständnis zeigen könnte, zu greifen. Auch Werner ist in eine plötzliche Wortlosigkeit versetzt. Dieser Satz, man hört ihn so häufig, das Leben lang, von Freunden und Bekannten, aus Filmen und Songs, Büchern und Magazinen. Wer diesen Satz hört, kann tausende Erklärungen bekommen, aber im Grunde bekommt man keine und in diesem Empfinden steckt vielleicht sogar die einzig gültige Erklärung: die Willkür der Liebe. Er hat es selbst zu oft erlebt, das Lieben und Geliebtwerden kommt und geht, während man sich in einer schnellen, aufregenden Zeit befindet, in der sich die Liebenden und ihre Liebesempfindungen fortwährend verändern und die das Suchen und Finden nach einer rationalen Erklärung für den Bruch in der Liebe deutlich erschwert und sich demnach rückblickend häufig als willkürlich betrachten lässt. Nicht nur in der Jugend, auch im Eheleben scheint die Liebe ein willkürliches Spiel zu treiben, zwei Menschen heiraten und lassen sich scheiden. Werner hat Freunde, die sich dreimal haben scheiden lassen und es jedes Mal neu versucht haben, bis aus der anfänglichen Trauer und dem Unverständnis, warum die Beziehung nicht bis zum Ende funktioniert hat, ein resignierendes *das mit uns sollte einfach nicht sein* wurde. Natürlich, immer gibt es Gründe und die Summe dieser Gründe ergibt eine Scheidung, aber liefern uns diese Gründe auch eine Erklärung? Das, was die Liebe mit uns macht, weshalb sie uns zueinander und wieder auseinander führt, ja, es wäre so einfach, ließe es sich mit Willkür erklären. Das mit uns sollte nicht sein, ein Nicken, ein Schulterzucken, weiter gehts. Andererseits will Werner seine Enkelin über die Zeit aufklären und Aufklärung darf nicht mit Willkür erklärt werden, weil diese den Menschen in eine passive Rolle versetzt, etwas, dem er ausgeliefert ist. Nein, keinesfalls darf die Willkür eine Lehre über das Lieben sein. Wo also beginnt und wo endet die Zeit zum Lieben?

»Ein schwieriger Satz, den sie dir da gesagt hat. Darf ich dazu etwas ausholen? Um den Satz zu verstehen, müssen wir, so glaube ich, zum Anfang zurückkehren. Ist das okay für dich?«, fragt Werner; er weiß zu gut, dass, wenn es um gescheiterte Beziehungen geht, äußerst vorsichtig vorgegangen werden muss. Und Vorsicht beginnt mit einer herantastenden Frage.

»Das ist okay. Ich will einfach verstehen, warum sie das gesagt hat. Es lief ja alles gut. Und ich weiß zu einhundert Prozent, dass sie mich auch geliebt hat.«

»Was sehr viel wert ist. Liebe lässt sich nicht vortäuschen. Schon gar nicht zu Beginn; zu Beginn strahlt die Welt. Ellie, du kennst es mit Sicherheit, Sabine, du doch auch, wir allen kennen es, dieses fast kitschige Leuchten der Welt. Plötzlich sehen wir Regenbögen und Marienkäfer überall, wir sehen den blauen Himmel, das Feld und die weiten Wiesen, nicht nur auf dem Land, auch in der Großstadt. Doch was man eigentlich sieht, ist diese eine Person, für die man Gefühle entwickelt, die aus Vorsicht als erste Gefühle betrachtet werden, aber im Grunde erste Anzeichen davon sind, dass sich hier in Form von glücklichen

Gedanken die Zeit zum Lieben genommen wird. Man könnte aufpassen, was die Lehrenden, Vorgesetzten oder Eltern sagen, stattdessen schweift man in heimlicher Verzückung ab und denkt an diese Person, an allen Orten, in allen Momenten. Wenn Liebe aufkommt, nehmen wir uns eine Auszeit vom Alltag, wir sind abwesend und im selben Moment leben wir wie nie zuvor. Was wir glauben, mit bloßen Augen nicht zu sehen, da Liebe ebenso wie die Zeit immateriell erscheint, ist in Wahrheit offensichtlich: die Verbindung, die zwei Menschen aufbauen, durch wiederholte Treffen, wiederholte Gesten und einen Abgleich seiner selbst mit dieser anderen Person, erfüllt für eine Weile alle Räume, in denen man sich bewegt. Wie sonst ließe sich erklären, dass die gewohnten, alltäglichsten Dinge, Orte und Gesten von plötzlicher Euphorie umgeben sind?«

Mit einem Anflug von Kummer erinnert sich Ellie daran, als sie und ihre eigentlich beste Freundin begannen, mehr als nur eine Freundschaft in ihrer Verbindung zu sehen. Ihre Blicke füreinander besaßen neben dem Freundschaftlichen eine weitere Ebene, es lagen deutlich mehr Gefühle darin als das Loyale und Gleichgesinnte in den Blicken ihrer anderen Freundinnen. Ellie hatte einen festen Freund wenige Monate zuvor, aber es war eher etwas, das sie ausprobieren wollte, es war nichts Liebendes, eher ein Experiment, das ihr klarmachte, dass sie sich von ihm nicht anziehen ließ. Dass sie ein Paar geworden waren, hatte nicht an den Gefühlen gelegen, die sie für ihn hatte, sondern an den Gefühlen, die er für sie hatte, und sie mochte es, umgarnt, gemocht und verstanden zu werden, weshalb sie nachgab und ja sagte, lass es uns probieren. Als sie aber erkannte, wie viel mehr Gewicht das Unausgesprochene zwischen ihrer Freundin und ihr besaß im Gegensatz zu den vielen *Ich-liebe-dich*s ihres Freundes, beendete sie die Beziehung. An der Art, wie sich Jessi über diese Mitteilung freute, nachdem sie mit äußerster Vorsicht zunächst ihr Mitleid bekundet hatte, sah Ellie, dass auch sie offen dafür war, aus einer Freundschaft mehr werden zu lassen.

»Mama, hast du gemerkt, wie glücklich ich mit Jessi anfangs war?«

»Du konntest den ganzen Tag schlechte Laune haben, aber wenn sie bei uns zu Besuch war, hat dein Lächeln alles gesagt.«

»Oh ja.«

»Genau das meine ich«, sagt Werner, »eine aufkeimende Liebe verankert sich im Lächeln, das man spazieren trägt. Dennoch fließt Liebe in zwei Richtungen gleichzeitig, die Liebenden sind Empfänger und Sender zugleich. Daher besteht eine gewisse Abhängigkeit, denn anders als in der Liebe zwischen Familienmitgliedern, wo geliebt werden kann, ohne dass es einer Erklärung bedarf, muss die Liebe zwischen zwei ursprünglich fremden Menschen bestätigt werden. Durchgängig, von Tag zu Tag, Woche zu Woche, Monat zu Monat, Jahr zu Jahr. Immer und immer wieder braucht die Liebe ein vertrautes Erwidern, um die Beziehung weiterhin ausgeglichen und aufrecht zu erhalten. Weigert man sich nur eine einzige Woche, sich die Zeit zum Lieben zu nehmen, kann etwas Intaktes außer Kontrolle geraten. Warum verhältst du dich so? Was erzählst du mir nicht? Es damit zu erklären, dass man gerade keine Zeit habe, um zu lieben, gilt nicht, denn um Liebe zu erwidern, bedarf es nicht viel. Schon ein Lächeln kann reichen, um auszudrücken, hey, das mit uns, das ist richtig. Wird es allerdings schwieriger, das Lächeln hervorzubringen, oder gar eine Qual, sollte hinterfragt werden, ob man noch zu zweit in dieselbe Richtung läuft oder aber sich verlaufen hat. Es mag sich verkehrt anhören, aber auch das Hinterfragen von Liebe ist Zeit, die wir zum Lieben brauchen. Liebe muss sich entwickeln können, in etwas Größeres, Tieferes, und wenn sie sich nur einseitig entwickelt, unterschreitet sie die Bedingung, gleichermaßen viel zu lieben, damit eine Balance im Geliebtwerden entsteht, die beide brauchen, um miteinander glücklich zu sein.«

»Hat Jessi deswegen Schluss gemacht hat? Ich meine, wir waren beste Freundinnen und noch viel mehr, es tat mir immer so gut, mit ihr zusammen zu sein. Dass wir ein Paar wurden, war total logisch, bei keinem anderen Menschen fühlte ich mich so ... aufgehoben. Und das habe ich ihr gezeigt ... Ich machte ihr Geschenke, küsste sie vor der ganzen Klasse, ganz egal, was die anderen dachten, ich half ihr sogar dabei, sich vor ihrem Vater zu outen. War ihr das alles ... zu viel?«

»Erst einmal ist es wichtig für dich zu verstehen, dass du nichts falsch gemacht hast. Du hast impulsiv gehandelt und mit impulsiv meine ich, die Liebe, die sich in dir von Tag zu Tag in ihrer Gegenwart angestaut hat, herauszulassen. Du hast deinem Empfinden Ausdruck verliehen und dein Empfinden hat gesagt, ich fühle sehr viel, wenn ich es nicht rauslasse, unterdrücke ich es, und unterdrückte Liebe macht ebenso unglücklich wie die Unfähigkeit, Liebe zu erwidern. Vielleicht war es so, ihr liebtet euch mit der Gänze eures Wesens, doch dein Wesen überschüttete sie mit Liebe, während ihr Wesen zu diesem Zeitpunkt nur begrenzt lieben konnte. Womöglich sah sie ein, dass sie dasselbe Maß an Liebe nicht zurückgeben konnte, womöglich hat ihr das viel Sorge bereitet, und aus Schutz entfernte sie sich aus dieser Lage. Vielleicht hat sie Schluss gemacht, um auch dich zu schützen.«

»Vielleicht, vielleicht«, murmelt Ellie.

»Ja, ich kann es mir wohl kaum erlauben, zu behaupten, ich wüsste den ausschlaggebenden Grund, nein, die einzig gültige Erklärung kann ich dir nicht geben. *Vielleicht*, das musst und wirst du in der Liebe einsehen müssen, das Vielleicht muss akzeptiert werden als übrig bleibende Konstante in allen Erklärungsversuchen« – oh, verdammt, denkt sich Werner, da ist sie ja doch, die Willkür. Bekommt er noch die Kurve? Gibt es eine bessere Erklärung? »Liebe ist ein Gefühl, das umschrieben, aber nicht erklärt werden kann. Schlichtweg, weil Liebe zu komplex ist, um mit Worten zu erklären, weshalb es nun besser ist, getrennte Wege zu gehen.«

»Es muss doch Gründe dafür geben! Dass sie schlussgemacht hat, um mich zu schützen, das kann ich einfach nicht verstehen«, sagt Ellie entrüstet.

»Natürlich sollten wir das Ende einer Beziehung hinterfragen. Versuchen, mögliche Ursachen zu finden, vor allem bei uns selbst. Du wirst Gründe finden, mit Sicherheit. Am Ende dieser Zeit wird dennoch ein blinder Fleck bleiben: das ausschlaggebende Gefühl, das keine Worte kennt. Bei ihr, bei dir.«

Werner klopft mit dem Handballen auf die Tischkante. Er sucht nach etwas Logischem, das den blinden Fleck der Liebe erklären kann. Ihn mit Licht füllen kann. Sein Klopfen nimmt zu, ehe Sabine ihre Hand auf seine Hand legt und ihn beruhigt.

»Ellie, was Opa damit sagen möchte, ist, dass die meisten Menschen ihre Gefühle nur bedingt erklären können. Es fällt uns leicht, zu sagen, dass wir jemanden lieben.

Sehr schwer ist es jedoch, jemandem zu sagen, warum wir es nicht mehr tun. Ich glaube, die meisten, die eine Beziehung beenden, folgen einem Gefühl, das ihnen etwas zuflüstert. Daraus entsteht eine Entscheidung.«

»Hm.«

»Kann jemand, der seinem Gefühl folgt, ganz gleich, wie unsinnig dies von außen erscheint, dafür verurteilt werden?«, fragt Werner. »Damit bin ich wieder bei etwas, was Mensch und Zeit in Einklang bringt: Akzeptanz. Akzeptanz ist das Grundgerüst der Liebe und der Zeit. Ein blinder Fleck nach dem Scheitern einer Beziehung darf dich nicht niederringen, darf dich nicht verzweifeln lassen, nein, ein blinder Fleck ist das persönlichste Gefühl, das nur für dich selbst Sinn ergibt. Das muss akzeptiert werden, damit eine neue Zeit anbrechen kann. Liebe ist komplex, Liebe kann Ursachen und Folgen haben, Liebe kann benannt werden, in Büchern, Filmen und Songs, aber das Ende einer Liebe kennt keine allgemeingültige Erklärung. Das ist es, weshalb du akzeptieren musst nach der ganzen Zeit, die du mit dem Nachdenken über mögliche Gründe verbracht hast, dass ein Gefühl übrig bleibt, das nicht vollends erklärt werden kann. Das muss akzeptiert werden.«

Die Hingabe, mit der Werner seinen Worten ein erstaunliches Gewicht verleiht, überrascht Ellie und Sabine gleichermaßen, zumal er seit einigen Wochen in eine progressive Schwäche verfallen war und sich nun verhielt, als gäbe es da keine Krankheit, an der er litt und an der er sterben würde. Nicht heute, an diesem kalten Februarmittag, an dem die Sonne den Nebel verdrängt hat und kalte, schöne Strahlen ins Tal wirft.

»Ein blinder Fleck, den ich einfach so akzeptieren muss. Ist das nicht ... irgendwie traurig?«

»Ellie, für einen blinden Fleck lohnt es sich ebenso zu kämpfen. Blind, das bedeutet lediglich, dass wir etwas nicht sehen, sondern nur fühlen können. Also glauben wir, im Blindsein stecke Liebe, sowohl im Zusammenkommen und Miteinanderleben als auch im Außereinanderleben. Auf die Gefühle kommt es an.«

Werner atmet tief ein und aus, sein Röcheln übertönt das Klimpern der Löffel auf dem Tellerboden. Auf Ellies Augen schimmern weiterhin die Wolken der Wehmut, der Gedanke an die verloren gegangene Beziehung zu Jessi breitet sich wieder in ihr aus, wie so oft in den letzten Tagen und Wochen. Immer dann verfällt Ellie in eine ihr bisher unbekannte Lethargie, ist sie auf ihrem Zimmer, tut sie nichts, starrt an die Decke, die Hausaufgaben liegen unbearbeitet auf dem Schreibtisch, der Raum ein Ort der Unordnung, noch nichts gegessen. Eine Null-Bock-Einstellung, wie es ihre Mutter zuweilen in elterlichem Unwissen ausdrückt.

»Hattest du vor Elisabeth auch eine Beziehung, die nicht geklappt hat? Oder woher weißt du das?«, fragt Ellie ihren Großvater.

»Ich weiß nichts mit hundertprozentiger Sicherheit. Deshalb kannst du, und dafür hast du die Gabe, das weiß ich, alles, was ich sage, auch reflektieren. Und schauen, was du selbst daraus machst, was du davon für dich mitnimmst. Nicht alles ist Weisheit, das von mir kommt. Aber vielleicht ist es ein Anfang. Eine Grundlage, um diese Themen zu hinterfragen.

Ellie nickt und hält dann inne. »Also … nicht?«

»Doch, doch. Es war kurz vor meinem achtzehnten Geburtstag, dass ich eine junge Frau kennenlernte«, sagt Werner; ein Lächeln klettert sein Gesicht empor, »die mich vom ersten Blick an faszinierte. Ich war auf dem Markt zugange, half meiner Mutter bei der Sortierung von verschiedenem Gemüse. Ich erinnere mich an das Schleppen von riesengroßen Fässern, mit Sauerkraut gefüllt, das wir für zehn Pfennig pro Kilo anboten. Früh am Morgen, als eine der Ersten auf dem Markt, kam die Tochter von Frau Pfeiffer an unserem Stand vorbei; das zumindest flüsterte mir meine Mutter zu, als sie sah, wie ich von den Kübeln aufschaute und das fröhlich summende Mädchen anstarrte. Sie sagte, für das Sonntagsessen brauche sie Zucchinis, Salat, Wirsing, Kohlköpfe und zwei Kilo Sauerkraut. Ich weiß es noch genau, sie zählte das Gemüse wie ein Gedicht auf, das sie auswendig gelernt hatte, und da die Zeit mit Gedichten ein langlebiges Spiel spielt, sodass wir sie, einmal auswendig gelernt, niemals mehr vergessen, kann ich mich an diesen Moment mit all den Details erinnern, die in diese Erinnerung eingeschlossen sind. Der wolkenlose Himmel, ein Gespann von entrissenen Pferden, die über den Markt sausten, das Gesteck in dem blonden Haar von … *Ich bin Ilse und ich möchte bei Ihnen einkaufen.* Ja, das sagte sie. Ich reichte ihr das Gemüse und bot an, ihr beim Tragen zu helfen. Sehr gerne, sagte sie und so begleitete ich Ilse zurück zu dem Haus der Pfeiffers. Während sie neben mir lief und ich aus Angst, sie könnte mich dabei entlarven, wie ich im Kopf eine Situation durchging, in der wir uns bei einem gemeinsamen Picknick näher kennenlernten, sie nicht anzuschauen wagte, ergriff sie das Wort: *Du bist der erste Mann, der mir beim Tragen hilft.* Ich sah sie an, mir gelang ein Lächeln, so breit und glücklich, wie ich es selbst noch nicht hervorgebracht hatte, und ich sagte, ich helfe dir gerne. An ihrem Haus angekommen, ließ sie die Taschen kurz auf dem Boden nieder und umarmte mich.

Das mag sich nach nichts Besonderem anhören, doch das war es, es war unerhört, sie lief sogar Gefahr, dass ihr Vater sie dabei sah, einen fremden Jungen zu umarmen. Sie war eine junge, fröhliche, selbstbestimmte Frau und ich erlag ihrer Wärme inmitten der kalten Ruinen des Nachkriegsdeutschlands.«

Fast gleichzeitig merken Ellie und Sabine, dass hier etwas Seltenes geschieht, etwas, das nicht mehr allzu häufig geschehen wird – Großvater erzählt eine Geschichte. Vor allem Sabine würde gerne von sich behaupten, dass sie jede einzelne Geschichte ihres Vaters aufgesaugt habe, wann immer Werner in den letzten Jahren zu erzählen begann. Leider aber war das Gegenteil der Fall, wenn Werner anrief, hörte sie nur mit halber Aufmerksamkeit hin und widmete sich ihrer Arbeit, sie sagte: Vater, für Geschichten habe ich gerade keine Zeit. Wie so oft im Alltag hält uns irgendetwas von der Entscheidung ab, uns Zeit zum Zuhören zu nehmen und damit Zeit zum Lieben, denn Zuhören, das ist Liebe ohne Erwartungen, das ist ein Sich-Zurücknehmen, ein Ausschalten aller Gedanken, um mit bedingungsloser Aufmerksamkeit zu hören, was das Familienmitglied erzählt. So wichtig, wie wir sind, was wir denken und was wir von uns geben wollen, so wichtig ist es, diesen Instinkt gegen Ruhe auszutauschen, die Ruhe des Zuhörens. Denn wer weiß, wie viele Möglichkeiten es dafür noch geben wird.

Als Sabine etwas Ähnliches in den Sinn kommt und somit die Einsicht, sich zu wenig Zeit zum Zuhören genommen zu haben, lässt sie das Essen kurzzeitig sein an jenem Tisch, der von einer historischen Aura umgeben ist. Hier sind Erzählungen zuhause, es ist derselbe Tisch, an dem sie aufwuchs.

»Wie ging es dann weiter? Es war jedenfalls nicht Oma Elisa, die dich damals umarmt hat.«

»Elisabeth lernte ich erst einige Jahre später kennen. Ehrlich gesagt, hüte ich mich davor, zu sagen, dass deine Oma meine *zweite* große Liebe war, das würde ihr nicht gerecht werden, immerhin hat sie mit mir das Leben verbracht. Von Ilse als meiner großen Liebe zu sprechen, würde mich somit von der Wahrheit entfernen, obwohl ich damals genau das dachte, ich dachte, Ilse sei die Frau, mit der ich mein Leben verbringen würde. Doch mein Alter gewährt mir die Gunst, auf mein Leben zurückzuschauen und aus großer Entfernung das Durchlebte einzuschätzen. Gleich nach der Umarmung vor dem Haus der Pfeiffers rannte ich zurück zum Markt, dass sie mich umarmt hatte, machte aus mir für den Rest des Tages einen neuen Menschen. Mutter lachte nur und sie lachte alle weiteren Momente auf dem Markt, wann immer ich einem Kunden mit grenzenloser Freude einen schönen Tag wünschte. Oh Werner, sagte sie, was hat sie mit dir gemacht.«

»Das habe ich mich auch gefragt, als ich mich in Jessi verliebt habe. Sie hat mich zu einem viel glücklicheren Menschen gemacht. Zumindest eine Zeit lang.«

»Auch die von Ilse zu mir getragene Veränderung meiner selbst hatte einen endlichen Charakter, es war Glück, das sie freisetzte und nach einer Weile wieder für sich allein beanspruchte. Ich habe es damals nicht verstanden, aber jetzt habe ich eine konkrete Vermutung, warum sie nicht die Frau wurde, mit der ich mein Leben verbracht habe.« Werner röchelt, schluckt, schnieft einmal, zweimal, nicht aus Trauer, es ist die Sprache seines Tumors. »Nachdem Ilse und ich uns fortan jeden Samstag auf dem Wochenmarkt getroffen hatten, verabredeten wir uns für ein Picknick im Park. Ich wartete schon auf sie, ich hatte mein bestes Hemd an, ehrlich gesagt auch das Einzige, das ich besaß, und die Decke, der Korb und das ausgebreitete Obst lagen derart kunstvoll aufbereitet unter dem Kirschblütenbaum, als hätte ich Stunden damit verbracht, das Picknick herzurichten. Summend rauschte sie heran, umarmte mich innig und überschwänglich, drückte mir dabei einen Kuss auf die Wange. Ich explodierte innerlich vor Aufregung, ich fühlte mein Herz, ich stotterte verlegen. Bis zu Elisabeth gelang dies keiner weiteren Frau, mit der ich mich in den Jahren darauf traf.«

»Nun erzähl schon, weshalb es nicht mit ihr funktioniert hat«, sagt Ellie aus Neugierde, auch hoffend, damit vielleicht besser zu verstehen, weshalb es mit Jessi nicht geklappt hat.

»Nun, wir wurden ein Paar, also zunächst hat es funktioniert, all mein Begehren, all meine Versuche, sie dazu zu bringen, sich in mich zu verlieben, mündeten in den Erfolg, sie fest an meiner Seite zu haben. Das dachte ich jedenfalls, wir sprachen nicht darüber, ob wir ein Paar seien, aber durch die Art und Weise, wie sie meine Hand in der Öffentlichkeit hielt und wie gut sie sich mit meiner Familie verstand, glaubte ich zu wissen, wir seien in einer richtigen, festen Beziehung. An einem Abend jedoch, es war der 1. Oktober 1950, ich war auf Mutters Drängen noch damit beschäftigt, die kaputte Wohnungstür zu reparieren, ging Ilse allein auf eine kleine Feier im Dorf, es sollte ein ausgelassenes Erntedankfest werden. Spät am Abend kam ich dazu, frisch geduscht und bereit, mit ihr in der Mitte des Dorfes zu tanzen, von jedem gesehen, wie ein junger Mann und eine junge Frau einander mit Liebe begegnen. Mit meinen Augen suchte ich sie im Gewusel der tanzenden Menschen und als ich sie sah, stockte mein Herz. Sie tanzte und küsste einen anderen Mann, es war Carl, der Sohn der Familie Winter. Ich sehe ihr Lächeln noch heute vor mir, als sie ihn küsste, war sie derselbe Mensch, der auch mich in verzaubernder Leichtigkeit geküsst hatte. Ausgelassen tanzte sie mit ihm. Ihr Tanz war wie eine Botschaft: dass sie frei sei und niemandem gehöre. Damals jedoch verstand ich diese Botschaft nicht, ich verurteilte sie, sie passte nicht in das Weltbild, das mir meine Mutter, eine Witwe, die sich damit schwertat, wieder die Nähe zu einem Mann zu suchen, vermittelte. Von ihr übernahm ich die Anschauung, in unserem Leben gäbe es nur diese eine große Liebe, mit der das Leben verbracht wird, auch wenn sich das vielleicht etwas nach veralteter Ideologie anhört. Und endet eine Beziehung oder etwas, das einer Beziehung sehr nahekommt und vorschnell verkümmert, bedeutet das für uns, dass es nicht diese eine große Liebe war.«

Beinahe fällt Werner in den Sog der Wehmut, von Ellie vergessen und an ihren Großvater weitergereicht, doch sogleich erinnert sich Werner an das Glück, das er mit seiner Frau Elisabeth bis zu ihrem Tod teilen durfte. Sie wurde zu seiner großen Liebe. Und Ilse blieb eine Erinnerung, eine, die mit Aufregung und Schmerz verbunden war, eine kurze Geschichte des Zusammenkommens und Herausfindens der Unmöglichkeit, die Zeit zusammen zu überdauern als ein Paar mit unterschiedlichen Vorstellungen von der Liebe, sie mit der Idee von einer Freiheit, die sie zu diesem Zeitpunkt noch nicht aufgeben wollte, und damit die Möglichkeit übersah, dass eine feste Beziehung eine ebenso große Freiheit mit sich bringen könnte, und er mit der Naivität eines jungen Burschen, der das erste Mal liebte und das erste Mal von der Liebe enttäuscht wurde.

»Dieselbe Vorstellung von einer Beziehung zu haben, sich dasselbe Maß an Zeit zu nehmen, um zu lieben, in Momenten, die wir miteinander teilen, aber noch viel wichtiger in Momenten, in denen wir einander nicht sehen können, ist das Fundament einer erfüllenden Beziehung.«

Behutsam, fast anerkennend lächelt Ellie. »Es gab kaum einen Augenblick in meiner Freizeit, in dem ich nicht an Jessi dachte. Selbst bei den ganzen Verpflichtungen, bei denen ich mich eigentlich konzentrieren musste, in der Schule, Hausaufgaben, beim Schreiben, selbst beim Sport. Sie war immer da in meinen Gedanken. Vielleicht war das bei ihr anders.«

»Und vielleicht …«, Sabine möchte ihre Tochter gerade aufmuntern, doch Ellie beendet den Satz ihrer Mutter: »… ist das okay so.« Und weiter: »Immerhin bedeutet das, dass meine große Liebe noch auf mich wartet. Oder aber ich werde allein glücklich.«

»So ist es. Heutzutage gibt es viele Lebensentwürfe, es sei nicht gesagt, dass es diese eine große Liebe, geschweige denn eine einzige immerwährende Beziehung geben muss. Aus Erfahrung kann ich dir dennoch sagen, die Liebe, die du in einer langjährigen Partnerschaft erfahren kannst, auf Augenhöhe mit der Liebe, die du aufbringen wirst, besteht aus gänzlich anderem Material als eine flüchtige Beziehung. Stärker, reißfester, an derselben Vorstellung vom Lieben festhaltend. Das wirst du merken, wenn ihr miteinander aufwacht und miteinander schlafen geht, und kurioserweise wird eure Liebe erst dann zu einer festen Größe, sobald aus dem Miteinander eine selbstverständliche Gemeinsamkeit geworden ist. Zu diesem Zeitpunkt hat sich das Lieben eingependelt, es wird auf Augenhöhe geliebt. Beide wissen um ihre Sicherheit in diesem Miteinander, da kann so schnell erst einmal nichts dran rütteln oder das Gleichgewicht zum Schwanken bringen. Oftmals glauben Menschen, sie bräuchten für diese Sicherheit eine Hochzeit oder ein gemeinsames Kind, wodurch eine Art Niederschrift entsteht, ein Beweis des Sich-Verpflichtens, an der Liebe festhalten zu wollen. Als Elisabeth und ich diese Worte des Pastors in Empfang nehmen durften, erhielten wir diesen Beweis. Wir sahen einander an, tief hinter die Augen, und erkannten die Absicht, das Leben miteinander verbringen zu wollen. Sie sah und fühlte es, da war das Grinsen, das ich den gesamten Tag über nicht ablegen konnte, weil mich dieser Akt der Verpflichtung glücklich stimmte, und ich sah und fühlte es, weil ihre Augen die Sicherheit widerspiegelten, die sich ein Paar von der Eheschließung erhofft: fortan ist das Gemeinsame ein Gesetz, jeder Glücksmoment wird geteilt, jedes Hindernis gemeinsam überwunden. Ich hoffe sehr, dass alle Liebenden dieser Welt eines Tages die Möglichkeit erhalten, sich zu heiraten, und es ist sehr traurig, dass es bis dahin noch ein langer Weg sein wird. Denn ich bin der Meinung, durch die Ehe sind wir eher dazu geneigt, Hindernisse gemeinsam anzugehen. Die Ehe als Resistenzmittel gegen diese generelle Flüchtigkeit unserer Zeit und gegen die Probleme, die sich zwischen uns schieben und das Gemeinsame beenden könnten.«

Mit einem griffbereiten Tuch wischt sich Werner eine Träne aus dem Augenwinkel. Und dann sagt er: »Doch auch die Ehe kann den Tod nicht aufhalten.«

Von einem Moment des gebannten Zuhörens zu einem Moment der plötzlichen Bestürzung gelangt, sehen sich die beiden Töchter von Mitleid erfüllt an. So dünn voneinander getrennt sind Abschnitte in der Zeit. Ist der vorherige

Abschnitt ein geschlossener Raum gewesen, in dem eine Geschichte erzählt wurde und der Erzähler und die Zuhörenden in eine längst vergangene Zeit wanderten, tritt darauf durch eine zuvor verborgene Tür, schlichtweg weil keiner der Zuhörenden eine Wendung wie diese erwartet hat, die Trauer mit ihrem dunklen Schleier ein, der für die nächsten Momente den Raum um den Küchentisch herum in eine Stille versetzt, die Sabine und Ellie dazu verpflichtet, ihren Großvater zu umarmen.

»Es ist schon okay. Ich habe nicht geplant, die Geschichte in Selbstmitleid enden zu lassen. Manchmal, ohne dass ich es will, entgleiten mir Sätze, die ich in einem späteren Augenblick der Stille bereue.«

»Du musst nichts bereuen«, sagt Sabine. »Wir verstehen dich doch. Und wir sind für dich da. Dass Elisabeth fort ist, macht uns alle traurig, auch viele Jahre später noch.«

Werner nickt. Dreiundachtzig Jahre, doch die Trauer ist weiterhin sein größter Gegner. Würde er es vor seinem Tod noch schaffen, sie zu überwinden? Er nimmt es sich vor, als seine Tochter und sein Enkelkind ihre Arme um ihn schlingen, was ihn einerseits froh macht, da hier Menschen sind, die sich um ihn kümmern, ihn andererseits sehr klein fühlen lässt. Er war doch gerade dabei, Ellie ein paar Lehren über die Zeit mitzugeben, und wie passt es da hinein, dass er selbst einen mit der Zeit verlorenen Kampf zur Schau trägt, eine Niederlage, die zwei Zuhörende in das Mitleid einer Umarmung zwingt. Manche Kämpfe sind auch in meinem Alter nicht vorüber, sagt sich Werner. Das würde er Ellie allerdings nicht mitgeben. Er möchte ihr die Antwort geben, mit der sich die Trauer besiegen lässt. Doch zu dieser Antwort, so hofft Werner, gelangt er selbst erst durch eine ausführliche Erklärung der Zeit, und so legt er fest, dass zunächst andere Erkenntnisse den Grundstein dafür werden bilden müssen.

»Erst die Liebe kann Trauer ermöglichen. Wer am Ende nicht trauert, hat nicht geliebt.«

III. Zeit zum Nachdenken

Während Sabine den Abwasch und die weitere Reinigung des Hauses übernimmt, setzt sich Ellie auf Großvaters Bitte mit ihm nach draußen auf die Veranda, in warme Winterjacken und selbstgestrickte Mützen eingehüllt, auf eine kleine Holzbank, gerade einmal groß genug, dass Großvater und Enkelin eng beieinander darauf Platz finden. Die Veranda erstreckt sich über gute sechs Meter, sowohl in der Breite als auch in der Länge, doch eine großzügige Couchecke wollte Werner hier nicht herrichten lassen, er sagte, so viel Platz brauche er nicht, um sich in Ruhe niederzulassen und seinen Gedanken im Gemälde der Natur freien Lauf zu lassen. Womöglich ist es eben die kleine, zierliche Bank, auf dem er und seine Frau stets gesessen haben, das ihn daran erinnert, wie wenig nötig ist, um einen Ort zum Nachdenken zu haben. Und obwohl sich die Arme beim Sitzen berühren, jetzt wie schon damals, macht es einen großen Unterschied, wohin die Gedanken fliegen; körperliche Nähe und gedankenverlorene Abwesenheit zugleich. Dies soll mit Ellie anders sein, Werner sitzt hier mit ihr und nicht mehr mit seiner Frau und er möchte ihr seine Gedanken erklären und nicht, wie eh und je, in seinen Gedanken eine Reise unternehmen, von der nur er selbst Freude und Weisheit erfährt, die er nur zu selten vor dem Zubettgehen mit Elisabeth noch geteilt hat. Das bereut Werner: er hätte sie mehr an seinen Gedankengängen teilnehmen lassen können.

»Wir haben über die Zeit für Neues und die Zeit zum Lieben gesprochen. Vielleicht merkst du bereits, wie die

Zeit klare Konturen angenommen hat, in geringem Maße an Transparenz gewonnen und eben dadurch sichtbar geworden ist, indem wir über sie gesprochen haben.«

»Ja. Dass wir über sie sprechen, macht sie … bedeutender. Ich habe noch nie mit jemandem über die Zeit gesprochen und gerade merke ich, dass ich noch mehr über sie wissen möchte.«

»Das Sprechen ist eine Methode, um zu Wissen zu gelangen. Eine Diskussion, Fragen und Antworten als Mittel, um mehr zu erfahren. Eine andere Methode entfernt sich von dem aktiven Miteinander und wendet sich einer körperlich regungslosen, einsamen Aktivität zu, dem Nachdenken. Anders als ein gemeinsames Abwägen von Richtig und Falsch und all den Grautönen dazwischen, ist das Nachdenken eine persönliche Angelegenheit. Eine Maßnahme, in der unser Denken auf das beschränkt ist, was wir bereits wissen, was wir bereits erlebt und in uns abgespeichert haben. Das Nachdenken wägt also Erfahrungen gegeneinander ab, um nach etwas zu greifen. Nach einer Antwort, meistens.«

Oh, das macht Sinn, denkt sich Ellie. »Eine Antwort, ja. Wenn ich nachdenke, hoffe ich, danach zu wissen, was zu tun ist.«

»So ist es. Das Ergebnis des Nachdenkens kann eine Antwort sein, die wir uns selbst geben. Die wir nicht in jenem Augenblick des Lesens, Schauens oder Zuhörens erlangen, sondern in den Minuten und Stunden, die wir uns zum Nachdenken gegeben haben. Es ist ungemein wichtig, sich regelmäßig diese Zeit zu geben. Einfach dasitzen, überlegen, nachdenken. Verglichen mit der Zeit zum Lieben, sind wir hier passiver. Wir werden zu Zuschauern unserer Gedanken, während wir doch beim Lieben aktiv werden müssen, wir müssen uns anstrengen, wir müssen tun, zeigen, bestätigen, annehmen. Während wir beim Nachdenken regungslos in uns gehen, verweilen und darauf hoffen, mit einer Antwort wieder gehen zu können.«

»Du sagst, ich muss mir Zeit zum Nachdenken geben. Ehrlich gesagt, in letzter Zeit denke ich sehr viel nach, aber nicht so, dass ich es mir aussuche. Es passiert einfach, wenn ich auf dem Bett liege und Musik höre. Ich glaube nicht, dass ich das bewusst mache. Und Lust dazu habe ich auch nicht, ich könnte gleichzeitig so viel anderes machen, das mehr Spaß macht. Aber in diesen Momenten geht das nicht, ich bin …«

»Eine Gefangene deiner Gedanken. Das ist mehr als verständlich. An dieser Stelle müssen wir wohl eine weitere Unterscheidung benennen: die bewusste Handlung, sich Zeit zum Nachdenken zu geben, und die vom Unterbewusstsein ausgeführte Handlung, *dir* Zeit zum Nachdenken zu geben. In beiden Fällen bist du es, die nachdenkt. Doch im ersten Fall ist dir bewusst, wie sehr du die Ruhe und Stille nun brauchst, um nach für dich wichtigen Antworten zu suchen. Im zweiten Fall ist es dein Körper, der dir diese Zeit verschreibt, weil er es braucht. Was wir brauchen, liegt allzu häufig im Unterbewusstsein verborgen, daher ist es nichts Verkehrtes, wenn du daliegst, nachdenkst, gleichzeitig glaubst, du würdest etwas anderes lieber machen; dein Körper braucht es, um Antworten zu bekommen, und das ist seine Art, dich in diese Lage zu versetzen. Ob du das willst oder nicht.«

»Würde Mama hören, wie positiv du über meine Null-Bock-Einstellung sprichst, würde sie laut protestieren.«

»Gut, dass deine Mutter gerade nicht zuhört«, sagt Werner lächelnd und dreht sich zum Küchenfenster um.

Dort steht seine Tochter, sie wäscht einen Teller ab, ihr Blick auf das Porzellan, den Wasserhahn und das Spülbecken fixiert. Worüber sie wohl nachdenkt?

»Siehst du, wie akribisch sie den Abwasch macht?«

Ellie dreht sich ebenfalls um. Zusammen betrachten sie eine Frau Mitte vierzig, die den Abwasch ausführt.

»Ja.«

»Während sie dies tut, ist die Möglichkeit groß, dass sie gleichzeitig nachdenkt. Bewegungen, die wir automatisch vollführen, wie den Abwasch, das Zubinden unserer Schuhe, einen Spaziergang oder aber nach einigem Lernen auch das Spielen des Klaviers, verschieben den Fokus nach innen. Wir müssen nicht darüber nachdenken, wie wir den Abwasch machen, also sind unsere Gedanken imstande, sich von dem loszulösen, was wir gerade tun. Ein simultaner Glücksfall, denn dadurch wird uns erlaubt, etwas zu erledigen, entweder eine Pflicht oder etwas Gutes für unseren Körper, wie einen Spaziergang, und zur selben Zeit in Gedanken eine Reise anzutreten. Wir können hier sein und uns vom Hiersein lösen.«

»Eine coole Fähigkeit.«

»Total.«

Sie lächeln beide. Wie lange haben sie nicht mehr gleichzeitig gelächelt? Monate ist es her, dass Ellie ihren Großvater zuletzt besucht hat. Hier und da ein Videoanruf, aber das Lächeln, das darüber vermittelt wurde, war von Verbindungsstörungen unterbrochen. Die Kraft des Lächelns ging in der Virtualität verloren. Es ist doch etwas anderes, nebeneinanderzusitzen und ein gemeinsames Lächeln hervorzubringen.

»Was machen wir aus Situationen, die wir uns selbst zum Nachdenken geben und die uns das Unterbewusstsein zum Nachdenken gibt? Eine Frage, mit der ich mich viele Jahre, hier auf dieser Holzbank beschäftigt habe. Erst gelegentlich, nach langen Arbeitstagen oder an einem entspannten Sonntagmorgen. Als Elisabeth starb, jeden Tag. Bei Sonnenschein, bei Regen, bei Schnee. Ich saß hier und dachte nach.«

Die Veranda, eine Fläche aus Fichtenplatten, und das Haus sind zum Tal ausgerichtet. Zu beiden Seiten die Berge, die ihre eigenen Mützen aus Schnee tragen, dem Restschnee eines zu milde geratenen Winters. Vor ihnen, etwa fünfzig Meter den Hang hinunter, verläuft die einzige Dorfstraße. Wenige Autos an diesem *prächtigen* Samstagmittag, wie Werner sagen würde.

»Worüber dachtest du nach? Als Elisa ... das muss sehr schwer für dich gewesen sein. Ich konnte ja schon nicht verstehen oder wie du sagst, Antworten darauf finden, warum es mit Jessi aus war.«

»Ich möchte nicht leugnen, dass es schwer war. Und nur in den seltensten Fällen kam ich beim Nachdenken zu einer Antwort und wenn, dann zu einer sehr vagen, die mir nicht wirklich geholfen hat. Antworten mögen zwar das Ziel unseres Nachdenkens sein, sie allein geben dem Nachdenken jedoch keine Daseinsberechtigung. Das Nachdenken an sich ist ein ungemein wertvoller Prozess, der uns erlaubt, Erfahrungen in einen Kontext zu setzen. Im Nachdenken spielen wir Erlebnisse nach, sprechen Wörter nach, Sätze, suchen nach Erfahrungen, die kurz oder lang zurückliegen, und wägen erneut ab, wie wir darüber denken und denken wollen. Ist es nicht so, dass wir manchmal mit einem unguten Gefühl aus einem Erlebnis hervorgehen, uns im Anschluss echauffieren und unseren instinktiven Gedanken Worte verleihen, die wir zu einem späteren

Zeitpunkt in Frage stellen? Dabei muss das Nachdenken gar nicht mit dem Ziel angegangen werden, die Antwort zu finden. Allein schon das Abwägen und das erneute Durchspielen von Erlebnissen stärkt eine unserer wertvollsten Charaktereigenschaften: unser Potenzial, zu reflektieren. Und aus dem Reflektierten zu lernen. Sowohl hinsichtlich unserer Selbsterkenntnis als auch im Finden von Werten, nach denen wir unser Leben ausrichten wollen.«

»Warte, Opa«, sagt Ellie schnell, sie steht auf, rennt ins Haus und kommt mit ihrem Notizbuch wieder nach draußen. »Damit ich es einfacher habe, mich an deine Worte zu erinnern.«

Werner lächelt erneut und Ellie merkt, wie sehr es sie glücklich macht, ihrem Großvater Aufmerksamkeit zu schenken, mit ihm Zeit zu verbringen und über etwas zu lernen, das sie bisher nicht hinterfragt hat. *Im bewussten Nachdenken stärken wir unsere Fähigkeit, zu reflektieren*, schreibt Ellie hastig auf.

»Und du sagst, wir lernen etwas über unsere Selbsterkenntnis? Was ist das?«

»Es ist eine Einordnung. Wie sieht das Gefüge aus, in dem du lebst? Welche Rolle spielst du in deiner Familie, in deinem Freundeskreis? Warum hast du die Freunde, die du hast? Was macht sie besonders und worin besteht eure Freundschaft? Wofür möchtest du dich einsetzen? Was fällt dir auf, was ungerecht ist, und möchtest du daran etwas ändern? Was läuft richtig in deinem Leben, also was bringt dich gefühlt weiter auf deinem Weg, und was ist ausbaufähig, womit bist du nicht gänzlich zufrieden? Was macht dich glücklich, was macht dich traurig? Womit beschäftigst du dich jeden Tag und ist es das, was du tun willst oder tun musst? Wohin führt dich das, wovon träumst du und wie willst du deine Träume verwirklichen? Ellie, es sind Fragen wie diese, die nur im Nachdenken Gestalt annehmen. Fragmentarische Antworten, die in der Summe eine progressive, also sich ständig erweiternde Antwort auf deine Selbsterkenntnis geben.«

»Wow«, Ellie fühlt sich leicht erschlagen, »das sind so viele Fragen. Und so große Fragen. Aber du sagst, mit jedem Nachdenken komme ich der Selbsterkenntnis näher?«

»Selbsterkenntnis ist ein Prozess, der niemals abgeschlossen ist. All diese Fragen müssen wieder und wieder reflektiert werden. Jeder Lebensabschnitt hat seine eigenen Erkenntnisse. Die Zeit für Neues, sie wartet stets darauf, dir neue Erkenntnisse zu schenken. Derer wir uns erst bewusst werden, sobald wir uns ernsthaft Zeit zum Nachdenken genommen haben.«

»Woran merke ich, wann ich über welche Frage nachdenken muss? Ich kann ja schlecht über all diese Fragen gleichzeitig nachdenken.«

»Die Fragen kommen von allein zu dir, sie schweben dir zu, manchmal sind es kleine, scheinbar unbedeutende wie *Fand ich den Ton okay, mit dem mich mein Lehrer ermahnt hat?* oder eben größere Fragen wie *Bin ich glücklich?* Alles, was du tun musst, ist, einen Moment innezuhalten, dich ans Fenster oder nach draußen zu setzen und deinen Gedanken zu erlauben abzudriften. Du wirst sehen, etwas in dir wird in Bewegung gesetzt. Was du tust, ist, dich in eine Lage zu bringen, in der etwas aus unbekannten Tiefen hervorkommt. Greife es auf, reflektiere: Warum ist mir dieser Gedanke gekommen? Von da an führen alle Wege zur Selbsterkenntnis.«

»Einfach ein paar Minuten nichts tun. Das schaffe ich. Was, wenn trotzdem nichts hervorkommt?«

»Akzeptiere es. Du kannst nichts erzwingen. Du kannst lediglich lernen, dir bewusste Momente der Ruhe zu geben. Manchmal hilft Hintergrundmusik, um zu entspannen, manchmal hilft es, in der Bahn zu sein, also an einem Ort, an dem du für eine bestimmte Zeit nichts anderes machen kannst als nachzudenken. Wir neigen oft dazu, das Nichtstun zu verurteilen. Dabei ist das Nachdenken deutlich wichtiger als sich anderweitig abzulenken. Natürlich ist auch Ablenkung wichtig, Fernsehen, Videospiele, ein abenteuerliches Buch, um deine Batterien aufzuladen, wenn du gestresst bist oder viel zu tun hattest. Doch damit kommst du dir selbst nicht näher. Ein Stück weit vermeidest du es dadurch sogar, dich mit deinen eigenen Gedanken zu konfrontieren. Letzten Endes ist es eine Frage der Balance – weder pure Ablenkung noch stundenlanges Verweilen in den eigenen Gedanken ist für uns hilfreich.«

»Manchmal fange ich direkt nach der Schule an, am PC zu spielen, und höre erst auf, wenn ich schlafen gehe. Ich kann schon verstehen, dass ich mir selbst damit nicht näherkomme. Übrigens, ein gutes Beispiel ist das mit dem Lehrer. Ich habe dir vor ein paar Monaten davon erzählt, dass ich diesen einen Lehrer an meiner Schule nicht leiden kann, weil er mich einmal vor der gesamten Klasse bloßgestellt hat, nur weil ich etwas nicht wusste. Seitdem mag ich ihn nicht. Nun ja, ich hasse ihn. Und daran hat sich auch nichts geändert.«

»Hast du seitdem denn noch einmal darüber nachgedacht? Über die Situation, als er dich bloßgestellt hat? Oder hast du dich gefragt, warum er das getan hat?«

»Ne, wozu auch? Das war echt gemein. Ich glaube, er ist einfach ein schlechter Mensch. Wieso sonst macht ein Lehrer seiner Schüler vor der ganzen Klasse fertig?«

»Dass du das denkst, kann ich natürlich verstehen. Andererseits hat sich, so wie ich das heraushöre, deine instinktive Reaktion, dass du diesen Lehrer hasst, zementiert. Vermutlich ist er tatsächlich kein guter Lehrer, doch meinst du nicht auch, dass die Möglichkeit besteht, dass er an diesem Tag vielleicht selbst schlecht drauf war? Vielleicht hatte er Probleme zuhause. In seiner Beziehung. Oder jemand ist am frühen Morgen in sein Auto gefahren. Vielleicht ist er unglücklich in seinem Job? All das ist zwar unwahrscheinlich und darf sein Verhalten nicht rechtfertigen, aber womöglich gibt es eine solche Ursache. Das bedeutet nicht, dass wir es hinnehmen und akzeptieren sollen, wenn wir schlecht behandelt werden. Doch allein sich dieser Möglichkeiten bewusst zu werden, gibt dir eine reflektierte Perspektive, mit der es oft einfacher ist, mit Situationen wie dieser umzugehen.«

Ellie denkt nach. Stimmt schon, denkt sie, ihr Lehrer lacht selten, er kommt immer mit diesem grimmigen Gesicht in die Schule und er grüßt auch niemanden. Vielleicht ist ja tatsächlich etwas in seinem Leben in Unordnung. »Ich sollte noch mal drüber nachdenken.«

»Das wäre gut. Schau mal: der erste Gedanke ist meist der einfachste. Wir empfinden und reagieren, instinktiv. Mit etwas Achtsamkeit allerdings können wir unsere Reaktion in einen Kontext setzen und sie so neu beurteilen. Wir müssen lediglich Dinge berücksichtigen, über die wir nichts wissen, und trotzdem ihre Möglichkeit anerkennen. Noch besser ist es natürlich, wenn du diese Reflexion noch vor deiner Reaktion durchläufst. Das bewusste Nachdenken versteht sich als Basis, um Empathie zu entwickeln. Warum sich bestimmte Menschen wie verhalten, das können wir nicht ergründen, geschweige denn ändern, wenn wir unsere instinktiven Reaktionen in Zement gießen. Deshalb müssen wir versuchen, und das ist eine in meinen Augen sehr wertvolle Charaktereigenschaft, Verständnis aufzubringen. Empathie zu zeigen. Das zeugt von Größe und du wirst sehen, damit wirst du größer sein als dein Lehrer, der diese Fähigkeit womöglich nicht sehr gut beherrscht. Oder aber er öffnet sich, entschuldigt sich, gibt dir einen Einblick, weshalb er in letzter Zeit schlecht drauf war.«

»Ich glaube zwar nicht, dass er darüber sprechen würde, aber ich verstehe schon, dass ich nicht alles direkt verurteilen soll. Ich schätze, Jessi habe ich auch direkt verurteilt. Und dann stundenlang darüber nachgedacht, warum sie schlussgemacht hat. Aber es ist nichts passiert. Ich kam nicht weiter.«

»Dass du dir selbst gegenüber zugibst, du kämest keinen Schritt weiter, ist bereits ein erster Schritt. Wir müssen uns in unserem Leben manchmal in Sackgassen befinden, um zu realisieren, dass etwas nicht weitergeht. Darauf lässt sich aufbauen. Aber noch mal einen Schritt zurück. Du liegst da, starrst die Decke an. Stundenlang. Lethargie nennt man das wohl. Deine Antriebslosigkeit ist ein unerwünschter Nebeneffekt des Nachdenkens. Ist die Wand vom Nachdenken zum endlosen Überdenken durchbrochen, laufen deine Gedanken von einem Ende zum anderen. Mit Antworten, die schon längst da sind, aber aus der Unfähigkeit, die Ausgangssituation, die dich in diese Lethargie gebracht hat, zu akzeptieren, übergehen wir alle konstruktiven Gedankengänge und verharren endlos im Prozess des Nachdenkens. Overthinking, das beschreibt es auch: die Nichtakzeptanz existierender Antworten.«

»Antworten, die schon längst da sind? Wenn ich daliege und mich schlecht fühle, sind sie ja gerade *nicht* da.«

»Unter der Oberfläche, Ellie. Hinter deiner Frustration, hinter den Emotionen. Versteckt, weil du dich mit deinen Gedanken in einer Sackgasse befindest und nur noch das denkst, was du schon gedacht hast. Und das auf endlose Weise, wieder und wieder.«

»Wie komme ich denn da raus?«

»Zum einen durch das Bewusstsein, dich in einer Sackgasse zu befinden. Siehst du die Sackgasse vor deinem inneren Auge, liegt der Antrieb, jetzt etwas an deiner Situation zu ändern, gleich um die Ecke. Eine gerade erst gebaute Straße, wenn man so will. Aber es kommt auch darauf an, sich helfen zu lassen. Klopft deine Mutter an die Tür, du verscheuchst sie aber direkt wieder, schottest du dich von der Möglichkeit ab, eine zweite Meinung, eine neue Perspektive auf das Endlose in deinen Gedanken zuzulassen. Sich helfen zu lassen, kann sehr viel wert sein. Die Zeit des Nachdenkens kann sich hier mühelos mit der Zeit zum Lieben überschneiden: eine Umarmung zwischen Mutter und Tochter und schon erhältst du durch das Gefühl, verstanden zu werden, neuen Antrieb.«

»Mir fällt es schwer, meine Mutter in solchen Momenten ins Zimmer zu lassen. Sie würde mich nicht verstehen.«

Werner nickt, nicht zustimmend, aber Verständnis zeigend. Während sie eng beieinander sitzen und warmer Atem von ihnen aufsteigt, kommt ein Rotkehlchen angeflogen. Es landet auf Ellies Seite auf der Armlehne der Bank und schaut die beiden erwartungsvoll an.

»Oh, schau an. Die kleine Robin ist da. Sie kam letzten Sommer das erste Mal hierher«, sagt Werner. Er gräbt in seiner Innentasche und holt einen kleinen Beutel mit Vogelfutter heraus. Ellie formt ihre Hände zu einer Schale und Werner streut etwas Futter darauf. Sogleich springt das Rotkehlchen zu ihr hinüber und beginnt die Körner aufzupicken.

»Siehst du, wie sehr sie es genießt? Sie kommt mit großen Erwartungen her, in der Hoffnung, wieder Futter zu bekommen, dieses Müsli, das sie sich sonst mühsam zusammenfinden müsste.«

»Es ist schön, das mit anzusehen. Und es zwickt!«

»Wir sind Freunde, glaube ich«, sagt Werner. Sie erwartet Futter, er erwartet ihre Gesellschaft, für ein paar Minuten. Ein zweckmäßiger Austausch, der beide glücklich stimmt. »Dass Robin mich besucht, liegt daran, dass ich ihre Erwartungen stets erfülle. Würde sie mich besuchen, ich ihr aber drei- oder viermal in Folge kein Futter geben, würde sie wohl nicht wiederkommen. Ich muss gerade daran denken, wie sehr das auch auf die Beziehung zwischen Mutter und Tochter zutrifft. Eine Mutter, die an die Zimmertür ihrer Tochter klopft, hat die Erwartung, etwas zu bekommen. Eine Antwort darauf, weshalb die Tochter sich im Zimmer eingeschlossen hat und seit Tagen mit niemandem mehr reden möchte. Wird ihr nicht aufgemacht oder schickt man sie weg, wird ihre Erwartung nicht erfüllt. Sie versucht es erneut, doch wieder wird ihr der Zugang zur Tochter verwehrt. Ein letzter Versuch, doch nein, wieder keine Antwort. In der Woche darauf versucht sie es kein weiteres Mal. Sie hat unwillentlich akzeptiert, dass ihre Tochter nicht mit ihr sprechen möchte. Trotzdem sind da einige Zweifel: Warum möchte meine Tochter nicht mit mir sprechen?«

Das Rotkehlchen bedankt sich mit einem kurzen Flügelschlag und fliegt davon.

»Sie glaubt wahrscheinlich, dass es etwas mit ihr zu tun hat«, sagt Ellie.

»Ja. Aber nicht in dem Sinne, dass sie der Grund für den Kummer ihrer Tochter ist, sondern weil sie darüber Bescheid weiß, wie ihre Tochter denkt. Sie weiß, dass ihre Tochter denkt, dass ihre Mutter sie nicht verstehen würde. Sie weiß es. Und dieses Wissen erzeugt in ihr viele Vorwürfe, sie denkt nach und reflektiert, wie es dazu kommen konnte, dass ihre eigene Tochter glaubt, sie habe in ihrer Mutter keine verständnisvolle Gesprächspartnerin.«

»Dass ich in diesen Momenten nicht mit meiner Mutter sprechen möchte, hat seine Gründe. Sie hat oft nicht so reagiert, wie ich es mir erhofft hatte.«

»Das verstehe ich. Ein Makel, den viele Eltern haben. Aber es kommt der Punkt, an dem sich die Eltern eingestehen, wie sehr sie dazu beigetragen haben, dass ihnen der Zugang zum Zimmer des Kindes verwehrt wurde. Und deshalb kann ich dir nur raten, deine eigenen Erwartungen zu hinterfragen, um den Erwartungen deiner Mutter entgegenzukommen. Letztendlich kann durch ein Gespräch, oder durch die Situation, in der du deiner Mutter erzählst, weshalb du im Kummer gefangen bist, eine Linderung deines endlosen Überdenkens erreicht werden, auch indem du deine Mutter glücklich machst mit deiner Offenheit. Du musst es nur zulassen, du musst dich nur überwinden.«

»Vermutlich bleibt mir keine andere Wahl. Mit meiner ehemals besten Freundin kann ich schließlich nicht mehr reden.«

»Daran merkst du, wie sehr Distanz doch traurig macht. Die Distanz zwischen deiner Mutter und dir ist unendlich, wenn die Zimmertür geschlossen bleibt. Hilf ihr, dir näherzukommen, und hilf dir dadurch selbst, aus der Sackgasse deiner Gedanken herauszukommen. Auch wenn dies bedeutet, all die Erwartungen, die du aufgrund sämtlicher Fehlreaktionen deiner Mutter in den vergangenen Jahren angesammelt hast, neu zu denken, neu zu kalibrieren, noch einmal den Versuch zu starten, dich mitzuteilen. Was folgen kann, ist eine neu geschaffene Erwartungshaltung.«

»Zeit für Neues?«

»Zeit für Neues!«, ruft Werner jubelnd. »Zwischen Mutter und Tochter. Schülerin und Lehrer. Zwischen zwei Liebenden.«

»Also alles … Beziehungen.«

»Genau. Ich bewundere es sehr, wie sehr du jetzt schon imstande bist, zu reflektieren«, sagt Werner und nickt bestätigend ins Tal hinein. Wie von selbst entsteht der Gedanke, oder ist es ein Wunsch, schon selbst in so jungen Jahren dieses Maß an Reflexion gehabt zu haben. Ihm wäre viel erspart geblieben, was ihm jahrelang schwer im Magen lag. »Du siehst, das Nachdenken kann ein gewollter, aber auch ungewollter, dafür umso nötigerer Prozess sein. Manchmal müssen wir uns dazu zwingen, einmal Gedachtes, das Erlebte, unsere Erwartungen und das in Zement Gegossene erneut zu hinterfragen. Manchmal müssen wir uns auch dem Nachdenken hingeben in einem Maße, das uns erlaubt, Sackgassen wahrnehmen zu können, um dann um Hilfe zu bitten und Hilfe anzunehmen. Besonders von Menschen, die dir sehr nahestehen und die du deswegen nicht für immer aufgrund ihrer Makel verurteilen darfst. Neu Gedachtes kann neue, bessere Zeiten entstehen lassen. In denen du dich besser fühlst als vorher. Und in denen sich vielleicht auch noch jemand anderes besser fühlt.«

Neu Gedachtes kann neue Zeiten entstehen lassen. Werner wiederholt den Satz in Gedanken. Doch das klingt ihm zu passiv, als würde das unbewusst Erdachte, also eine passive Anstrengung etwas Neues anstoßen, für das man nicht selbst verantwortlich ist.

»Lass es mich noch einmal anders ausdrücken. Du bist die Schöpferin deiner Gedanken. Wenn du nachdenkst und reflektierst und dir dabei ein gänzlich neuer Gedanke in den Sinn kommt, kann dies dein ganz persönlicher Beginn von etwas Neuem sein. Dein Gedanke gehört dir, er kann nicht zurückgenommen werden und es liegt an dir, wie viel Bedeutung du diesem neuen Gedanken beimisst. Aber du sollst wissen, dass du als Schöpferin eines neuen Gedankens auch eine neue Zeit erschaffen kannst. Alles, was du tun musst, ist, diesem Gedanken ins Dunkle zu folgen, denn das ist es, was du machst, wenn du dem Gedanken mit einer Handlung folgst. Du stößt etwas an, das ultimativ aus deinen eigenen Gedanken stammt. Damit bist du die Urheberin deiner neuen Zeit.«

»Das klingt stark, Opa.«

»Damit kannst du die Welt verändern! Die Welt im Kleinen, wenn du deine Mutter plötzlich wieder ins Zimmer lässt, weil du dir denkst, es könnte euch beide glücklich machen. Wenn du deinen Lehrer fragst, ob bei ihm alles gut ist; vielleicht ist es das das erste Mal, dass sich jemand um ihn kümmert, ihn als Mensch wahrnimmt und nicht ausschließlich in seiner Rolle als Lehrer. Wenn du Jessi gegenüber Empathie zeigst, ganz gleich, wie unverständlich ihre Gründe für dich sein mögen. Oder deine Welt im Großen, wenn du einen neuen Gedanken in die Tat umsetzt, einen Gedanken so kraftvoll, dass die Welt über das Neue in dieser Zeit erstaunt sein wird.«

Eine Gänsehaut bildet sich auf Werners schrumpeliger Haut. Ihm ist das bewusst, sowohl das Schrumpelige als auch die Gänsehaut in diesem einzigartigen Moment auf dieser Holzbank im Februar jenes Jahres, das ihm den Tod bringen wird. Oh, eine Gänsehaut hatte ich lange nicht mehr, denkt er sich und dieses Bewusstsein intensiviert die Gänsehaut noch einmal und Werner glaubt, gleich müsse er seinen Tränen freien Lauf lassen, eine Kapitulation vor dem Glück, etwas derart Kraftvolles gedacht und ausgesprochen zu haben. Ein Beweis, dass Gedanken nicht bestätigt werden müssen, um sich selbst damit glücklich zu machen; allein das Denken und Teilen dieser Gedanken ist das Fundament seines augenblicklichen Glücks.

Und vielleicht hat Elisabeth es gehört. Er hat es nämlich auch für sie gedacht.

Ellie streicht flüchtig über Werners hervorstehende Handknöchel. Sie sagt: »Du hast eine Gänsehaut, ist alles okay?«, und er sagt: »Ja, es ist alles gut.« »Das inspiriert mich sehr«, sagt sie, und schreibt in ihr Notizbuch: *Meine Gedanken können die Welt verändern.*

Gut möglich, dass sich in diesem Augenblick auch Werners Welt verändert. Vielleicht war das eben ein Schritt vorwärts, um den Tod von Elisabeth zu verkraften und sich selbst weniger zu fürchten, vor seinem Tod. Ein ebenso kraftvoller Gedanke, so abstrakt er auch ist, der ihm ermöglichen kann, weniger Angst vor dem Tod zu haben, weniger Leid in diesen letzten Tagen seines Lebens zu verspüren und besser damit umzugehen, dass seine Frau diese letzten Tage nur von einem Ort aus beobachten kann, der nicht im Himmel ist, sondern in seinen Gedanken: Elisabeth ist da, wo Werner nachdenkt.

Die Mittagssonne strahlt. Blau ist der Himmel, blau ist der Fluss im Tal, der wie eine natürliche Landstraße mitten durch die Dörfer fließt. Im Licht glänzt der Atem, der von Werner und Ellie ausgeht. Sogleich verschluckt die kalte

Luft das Warme. Atemzüge sind von kurzer Dauer, das muss sich Werner eingestehen. Wie schnell der Wind des Lebens uns fortträgt, wie schnell der große ganze Atemzug eines Menschen erlischt, wie schnell die Zeit vergeht. Unfreiwillig sieht sich Werner mit diesen Annahmen konfrontiert, es sind genau diejenigen, die er Ellie austreiben möchte. Aber was bedeutet das für sie? Kann er ihr die Zeit sichtbar machen und diese dadurch verlangsamen? Verlangsamen kann auch bedeuten, jegliche Lebensabschnitte mit Glück und Dankbarkeit aufzuladen, mit Achtsamkeit und etwas Ruhe, mit der Kraft zu reflektieren, zu verstehen und zu akzeptieren. Zeit ist unaufhaltsam, aber sie ist immer auch ein Gefühl, das mal schneller, mal langsamer vergeht. Wie schnell die Zeit eines Menschenlebens vergeht, liegt also an uns selbst, oder? Wie kann ein Mensch das Menschenleben eines anderen verlangsamen? Reicht es, wenn Werner all seine Gedanken und Erkenntnisse mit Ellie teilt, sodass sich das Fortschreiten der Zeit vom jetzigen Samstag bis zu seinem Tod langsamer für sie und ihn anfühlt? Und was ist danach? Wird die Zeit, die sie jetzt zusammen verbringen, einen längeren Effekt auf Ellie ausüben, sodass sie Werner mit sich trägt, da, wo sie nachdenkt, bis der Alltag und die Akzeptanz des Todes eines Familienmitglieds eine Verflüchtigung des Bewusstseins hervorbringen, dass ein Familienmitglied gestorben ist? Ist es ein Ziel, diese Verflüchtigung hinauszuzögern, damit man selbst im Tod länger präsent ist in jenen Menschen, die an einen denken? Doch wenn das das Ziel ist, wieso leidet er selbst dann so sehr darunter, dass Elisabeth seit zwanzig Jahren nicht mehr lebt? Ist das Ziel vielleicht das Umgekehrte: dass der Lebende so schnell wie möglich den Tod des Nahestehenden akzeptiert und damit einer neuen

Zeit entgegentreten kann, die der Person mehr Glück als Trauer bringt? Und: Können wir den Tod akzeptieren, ohne den geliebten Menschen zu vergessen?

Es sind Fragen wie diese, die eine Holzbank auf der Veranda mit Blick auf das Tal hervorruft. Es sind Fragen wie diese, für die wir die Berge brauchen.

IV. Zeit in den Bergen

Ein tiefes Luftholen, einatmen, ausatmen. Nirgends lässt es sich schöner atmen als in den Bergen. Welch ein Glück, hier das Leben verbracht zu haben, sagt sich Werner und blickt dabei an den Berghängen hinauf, über verwucherte Wiesen, dichten Wald, vereinzeltes Geröll und schließlich die steinigen Felsspitzen, auf denen der Restschnee des Winters im Sonnenlicht schimmert wie etwas, das sich der Verdrängung so lange verweigert, bis es eben eines Tages vom Lauf der Natur doch noch eingeholt wird.

Als kleiner Junge schon hat er erstmals ein Bewusstsein für die Berge erlangt, nicht für ihr natürliches Dasein und ihre natürliche Gestalt, diese sah er schon kurz nach der Geburt, eher für die Gefühle, die der Berg aussendet. Ein Freiheitsgefühl in erster Linie; wenn sich der kleine Werner vom Hof der Eltern aufmachte, um in die Höhe zu steigen, dabei über die Zäune der Kuhwiesen kletterte, Flussläufe übersprang, an dichten Tannen vorbeirannte, um dann auf weiter, offener Fläche den steileren Anstieg zu beginnen, über tausende kleine Steine und einige große Felsen hinweg, über das Geröll tanzend, an Vorsprüngen sich festhaltend und hochziehend und mit letzter Anstrengung die letzten Meter zum Gipfel keuchte mit der Leichtigkeit, die nur ein junges, unbefangenes Kind an den Tag legen kann, das das volle Vertrauen der Eltern genießt, denn die Eltern wissen um die Trittsicherheit ihres Sohnes, wissen, wie spielend leicht und sicher sich der Sohn in den Bergen verhält, auch unter den mahnenden Worten, die Natur nicht zu unterschätzen und dem Berg stets mit Respekt und

Unterwürfigkeit zu begegnen, ja, dann war das Freiheitsgefühl des kleinen Jungen am größten, er fühlte sich so gut, so lebendig, konnte es mit Worten nicht beschreiben, aber es war da: dieses Gefühl der Unendlichkeit. Im jugendlichen Alter konnte er schließlich verstehen, wie sehr er diese Landschaft mochte, das Tal, die Berge. Hier fühlte er sich wohl, die Berge waren seine Freiheit und er nahm sich vor, niemals in der Stadt zu leben, wohin er schließlich im Erwachsenenalter seine Tochter ziehen lassen musste, da Sabine in eine Generation hineingeboren wurde, die es auf dem Land als zu langweilig empfand. Ihre Freiheit war in der Stadt am größten, das musste Werner akzeptieren, doch verstehen konnte er es nie.

»Kannst du dir vorstellen, einmal hier zu leben? Hier, in diesem Haus, in diesem Tal, mit dieser Aussicht?«, fragt Werner seine Enkelin, gewiss mit der unterschwelligen Betonung, wie schön das Haus in dem Tal mit dieser Aussicht sei. Ellie überlegt. Sie reibt sich die Hände, ihr ist schon etwas kalt, am liebsten würde sie das Gespräch im Haus weiterführen, doch sie merkt und sieht, wie sehr Werner seine Holzbank auf der Veranda genießt, und das lässt sie den Anflug der Kälte in den Tiefen ihrer Haut vorerst vergessen.

»Hm. Ich weiß es nicht. Eher nicht, glaube ich. Dein Haus ist schön, so schön freistehende Holzhäuser haben wir nicht in der Stadt. Auch der Ausblick ist schön, ich habe den Ausblick schon immer gemocht, wenn ich dich besucht habe. Aber hier zu leben, das könnte ich mir wohl nicht vorstellen. Es ist sehr ruhig hier, man kann nicht viel machen. Und meine Freundinnen sind alle in der Stadt.«

»Ja, das Landleben ist deutlich ruhiger als das Stadtleben. Und ich verstehe, dass du lieber in der Nähe deiner

Freundinnen bist. Freundschaften sind sehr wichtig. Aber sag mir, hast du jemals ernsthaft darüber nachgedacht, wie es sein könnte, hier zu leben und als Erwachsene da weiterzumachen, wo du als Kind so viel Spaß empfunden hast, immer wenn du mich besucht hast?«

»Nein, nicht wirklich. Ich weiß aber, dass ich die Ferien genossen habe. Und dass sie zu schnell vorbei waren. Wir haben immer eine tolle Zeit zusammen verbracht. Jeden Sommer und auch in manchen Winterferien. Weißt du noch, wie wir die Kühe deines Nachbarn gemolken haben? Du warst eine Zeit lang sein Ersatzbauer, wenn er in den Urlaub geflogen ist, und ich war deine Schülerin.«

»Du hast sehr schnell gelernt. Du hattest das nötige Fingerspitzengefühl dafür. Ich konnte mich ausruhen und du hast die ganze Arbeit geleistet. Und dir hat es Spaß gemacht!«

»Das hat es.«

»Dies war nur eine Sache von vielen, die dir in den Bergen viel Spaß bereitet haben. Ich erinnere mich an das himmlisch herzhafte Essen auf der Alm, damals, als ich es noch den Berg hinaufgeschafft habe.«

»Oh, ich habe immer solch große Portionen gegessen, meistens Kaiserschmarrn mit Preiselbeeren, dass ich beim Abstieg Bauchschmerzen bekam. Doch es war so lecker!«

»Ich habe dir dann eine Wärmflasche gemacht. Du hast dich auf dem Sofa ausgeruht, bis du wieder voller Energie und bereit für das nächste Abenteuer warst.«

»Ich habe dich ganz schön auf Trab gehalten, nicht wahr?«

»Das hast du.«

»Wir haben auch Holz geschlagen, manchmal stundenlang, bis die Sonne unterging. Ich weiß noch genau, wie sorgfältig du die Holzstücke am Kamin aufgeschichtet hast. Du hast daraus immer eine kleine Show gemacht.«

»Es ist eine Kunst, das Kaminfeuer so zu entfachen, dass es sich gleichmäßig ausbreitet.«

»Natürlich, Opa.«

Sie lachen.

»Es ist schön, über Erinnerungen zu lachen. Erinnerungen sind immer eng mit Orten verbunden und diese Erinnerung hängt in den Bergen und dem Tal, in dem wir sitzen. Sie werden wieder wach, wenn wir über sie reden. Damit holen wir sie aus einem Schlaf, der manchmal viele Jahre dauern kann.«

»Das stimmt. Ich habe mich sehr lange nicht mehr an das Kühemelken, das Almessen oder das Kaminfeuer zurückerinnert. Es tut mir leid, dass wir in den letzten Jahren weniger Kontakt hatten und ich dich weniger besucht habe. Ich merke gerade, dass ich dadurch auch ewig nicht mehr daran gedacht habe, wie es mit dir in den Bergen war.«

»Das muss dir nicht leidtun. Es ist der normale Weg, den eine angehende Erwachsene durchläuft. Und dieser Weg verläuft durch die Stadt, in der du lebst, mit der Schule, auf die du gehst, den Freunden und Freundinnen, mit denen du gemeinsam Neues erlebst, und natürlich auch durch dein Elternhaus. Aber ich möchte, dass du weißt, dass die Zeit in den Bergen immer auch eine Zeit der Freiheit war. Die Ferien, die du hier verbracht hast, waren außergewöhnlich, im wahrsten Sinne des Wortes, denn gewöhnlich war für dich nur das Stadtleben. Bevor wir uns aber fragen, welche Kraft die Berge besitzen, die für Stadtmenschen außergewöhnlich sind, und auch, ob du dir vorstellen kannst, hier permanent zu leben, müssen wir einen Blick darauf werfen, was die Stadt an sich eigentlich ist und was sie zu einem erstrebenswerten Ort macht. Was ist die Stadt für dich?«

»Ähm…, ich bin dort geboren und aufgewachsen. In der Stadt gehe ich zur Schule und ins Kino, in den Park, ins Einkaufszentrum, ins Museum, in die Eislaufhalle, ins Restaurant, gemeinsam mit den Menschen, die mir etwas bedeuten … ich glaube, das ist die Stadt für mich. Es gibt immer etwas zu tun, man hat so viele Möglichkeiten.«

»Das ist die Stadt für dich, ja, ich verstehe. Du wurdest in sie hineingeboren, so wie ich in das Tal in den Bergen hineingeboren wurde. Durch die Geburt wird uns eine erste Heimat gegeben. Bis wir jedoch verstehen, was Heimat für uns eigentlich ist, und uns die Frage stellen, ob Heimat auch woanders als in unserem Geburtsort sein kann, vergehen viele Jahre, in denen wir unsere heimatlichen Gewohnheiten herausfordern müssen. Ich glaube, dass du nun in ein Alter gekommen bist, das dir erlaubt, deine erste Heimat, also die Stadt, zu hinterfragen. Du sagst, in der Stadt befindet sich das Leben mit den unbegrenzten Möglichkeiten. Das will ich nicht abstreiten. Aber in der Stadt ist auch noch etwas anderes. Etwas, das mit den unbegrenzten Möglichkeiten kommt und uns einnimmt, so sehr, dass wir gar nicht wissen, dass es unser Stadtleben bestimmt.«

»Was ist es, Opa?«

»Das Gegenteil von Freiheit.«

»Ein … Gefängnis?«

»Nun, Gefängnisse erlauben uns keinen realen Freigang, eine logische Schlussfolgerung. Sie halten uns fest auf wenigen Quadratmetern, innerhalb unbezwingbarer Stahlstäbe, mit festen Tagesabläufen, festen Mahlzeiten, festen Zeiten, um Besuch zu empfangen. Ist die Stadt ein solcher Ort?«

»Ich glaube schon, dass ich einen geregelten Tagesablauf habe, trotzdem bin ich nicht eingesperrt. Ich kann überall hin, wenn ich möchte.«

»Genau, eben das Freiwillige ist es, weshalb wir hier von keinem Gefängnis sprechen können. Die Stadt ist der Ort, an dem wir uns freiwillig einem bestimmenden Kreislauf hingeben, der in der Stadt sehr viel konkreter ist als in einem Dorf in den Bergen. Neben den festen Tagesabläufen – mit *fest* meine ich nicht die Kontinuität, mit der wir bestimmte Dinge wiederholend ausführen, das gibt es natürlich auch auf dem Land; ich spreche vom Festgelegten, das nicht durch uns, sondern durch gesellschaftliche Zwänge und Maßstäbe bestimmt wird – erlaubt uns die Stadt allerdings auch, einer Summe an künstlichen Freizeitangeboten nachzugehen, die von den festen Abläufen ablenken oder diese ausgleichen sollen. Wir können dort sehr viele Möglichkeiten wahrnehmen, deshalb muss das Gegenteil von Freiheit in der Stadt von anderer Natur sein. Im wahrsten Sinne des Wortes, denn die Natur ist ein Ort, der von Menschen unberührt und daher natürlich ist. Ist die Stadt natürlich?«

»Nun, es ist zumindest natürlich, dass wir Häuser bauen, um darin zu leben. Das war schon immer so.«

»Ha, wohl wahr. In der modernen Natur des Menschen liegt das Sesshafte, das einen Unterschlupf braucht. Mit dem Ziel, sich mit anderen Menschen zu verbünden, in einer Gemeinschaft zu leben, die Regeln, Gesetze und eine Art Leitfaden braucht, wie der Mensch sich innerhalb dieser Gemeinschaft zu verhalten, wie er zu leben hat. Mit einem Job, den er ausübt, mit der Kleidung, die er anzieht, mit einem sozialen Umfeld, das ihm bestenfalls Anerkennung beziehungsweise eine stabile gesellschaftliche Position schenkt. Worauf ich jedoch hinauswill ist, dass dieser Kreislauf eine künstliche Dimension angenommen hat. Mehr arbeiten, mehr Erledigungen, mehr Häuser, Hochhäuser, Industrie und Straßen, mehr Autos, mehr Produktion, mehr Konsum, mehr Angebot, mehr Nachfrage, mehr Geld und noch mehr Geld ... Das kann ...«

»Ganz schön anstrengend sein, schätze ich.«

Werner nickt. Er sieht es in den vereinzelten grauen Haaren seiner Tochter Sabine, ihr Haar zeugt von dem Stress der Managerposition, vom Berufsverkehr, von den Besorgungen, den Rollen, die sie spielen *muss*, von dem sozialen Gefüge zwischen Freunden und wichtigen Kontakten, Nachbarn, der Großstadt und unserem Land, in dem sie glaubt, sich unentwegt steigern zu müssen, um all das aufrechtzuerhalten.

»In der Stadt altern wir schneller als auf dem Land, als in den Bergen. Dir sind die grauen Haaren deiner Mutter auch aufgefallen, oder? Sie sind Zeuge des Stadtlebens. Oder besser gesagt, meiner Meinung nach sind sie Zeuge, dass zu wenig Zeit in den Bergen verbracht wurde. Im Außergewöhnlichen, das den Stress des Gewöhnlichen in regelmäßigen Abständen mindert.«

»Mama hat sich selbst erschrocken, wie viele graue Haare sie schon hat. Ich finde aber, dass es zu ihr passt, sie sieht trotzdem schön aus.«

»Graue Haare an sich sind nichts Schlimmes, es hat Charakter geradezu, graue Haare mit Stolz zu tragen, und nicht immer liegt der Grund im Stress. Wenn dies aber der Grund ist, gibt uns unser Spiegelbild die Chance zu reflektieren, ob und wie lange wir schon gestresst sind. Stress als

Dauerzustand. Als Benzin des städtischen Kreislaufs, der uns so viel abverlangt.«

»Und dann muss man in die Berge? Warum die Berge? Im Strandurlaub kann ich ebenso gut entspannen, und das Meeresrauschen mag ich auch sehr.«

»Da hast du recht. Was die Berge für die einen sind, ist das offene Meer für die anderen. Viele sehnen sich nach einem unverbauten Blick zum Horizont, zu einer geraden Linie, die von keinem einzigen Hochhaus gestört wird. Das ist Freiheit für sie, Zeit am Meer zu verbringen; der Blick auf das Meer ist frei von sozialen Gefügen, frei von stressigen Jobs und frei von all dem Alltäglichen, das bewältigt und erreicht werden muss. Dagegen sind die Berge Orte des Schutzes. Siehst du, wie majestätisch und hoch die Berge zu beiden Seiten des Tals emporragen?«

»Ja.«

»Verbringt ein Stadtmensch Zeit in den Bergen, hat er den Schutz der Berge gesucht. Er denkt sich: Ich lasse das, was der Stress mit mir macht, für eine Zeit lang hinter mir. Und der Berg ist die Wand zwischen ihm und den Auswirkungen des Gestresstseins. Mit diesem Glauben sucht der Mensch die Berge auf und die Berge erfüllen ihm das Gesuchte. Wird der Stress in der Stadt zu groß, werden die Erledigungen zu viel, die Erwartungen zu hoch, brauchen wir einen Ausgleich, wenn auch nur für kurze Zeit. Diesen Ausgleich, diesen Schutz vor dem, was uns auslaugt, können wir in den Bergen zu finden.«

»Also haben die Berge eine Kraft, mit der wir uns erholen können? Kann ich das so sagen?«

»Ja. Und nein. Die Berge an sich, nun ja, sind Berge. Massen von Land, die sich in die Höhe strecken. Erhebungen der Oberfläche.«

Da durchzuckt es Ellie. Wie das Licht, das den Himmel hellblau, die Berge hellgrau und das Tal in hellen Februarfarben erleuchtet, wird sie von einer Erkenntnis berührt. »Also liegt es an uns.«

»Wir machen die Berge zu dem, was sie für uns sein sollen. Das ist es. Das ist die Freiheit in den Bergen. Während die Stadt bereits zu Ende definiert ist«, sagt Werner, befangen, berührt. Er hat schon seit dem Morgen gehofft, seine Worte könnten etwas auslösen, das wir ahnen, vielleicht sogar wissen in den Tiefen unserer Erkenntnis, das wir bisher jedoch noch nicht ausgesprochen haben und das somit bis zu diesem Zeitpunkt als Halbwahrheit an einem unbekannten Ort verweilte, wie eine Erinnerung, die durch das Sprechen hervorgeholt wird. »Die Berge werden durch unseren Glauben zur ausgleichenden, schützenden Kraft. Wir sind es, die den Bergen, diesen mächtigen Erhebungen über dem Land, zu denen wir hochschauen und von denen wir hinunterschauen können, einen Wert beimessen. Wir sind es, die den Bergen eine Bedeutung verleihen. Und eine dieser Bedeutungen hat sich im modernen Leben durchgesetzt: die Faszination einer schützenden Ausgeglichenheit. In den Bergen, wo Ruhe herrscht. Wo Einsamkeit gefunden und wertgeschätzt werden kann. Wo ab einem bestimmten Punkt in der Höhe eine nirgendwo sonst existierende Stille vorzufinden ist, werden wir eins mit der Grundvoraussetzung, die es für ein ausgeglichenes Leben braucht. Ja, in den Bergen können wir das Ausgeglichene sehen, wir sehen den Schutz, wir verdrängen das Dahinterliegende, lassen etwas hinter uns. Berge gleichen den Stress aus, dem wir in der Stadt ausgeliefert sind. Hier stellt sich die Frage, warum wir uns dennoch freiwillig dem Stress hingeben und warum wir trotz einer zu Ende definierten Vision, was die Stadt in immer wiederkehrenden Formen ermöglicht, in ihr derart erfüllt sein können. Ist es die Unkenntnis davon, wie sehr wir eigentlich die Berge benötigen? Oder die Annahme, das Stadtleben sei das einzige Leben? Es geht nicht darum, das Stadtleben zu verurteilen, das Gefühl von Erfüllung, Freude und Glück kann in ihr ebenso existieren wie in den Bergregionen, sondern lediglich um eine Reflexion, was wir in der Stadt finden und ob es ausreicht, den allgegenwärtigen Stress, das Laute, das Viele, das ständig Überwältigende und das gierige Mehr, nach dem gestrebt wird, zu akzeptieren, oder ob ein Ort weit entfernt in einer Landschaft, die vor mächtigen Hügeln und Bergen strotzt, uns ein ausgeglicheneres Leben schenken könnte – mit einer Kraft, die in uns ist und die etwas scheinbar Eintöniges zu etwas sehr Wertvollem werden lassen kann.«

Das Tal steht still. Nur der warme Atem kräuselt sich in der Luft, sonst bewegt sich nichts, kein Mensch, kein Auto, kein Baum, kein Berg. Still und ausgeglichen, wie nur ein Ort in den Bergen sein kann. Ellie spürt es, spürt, wie sie einen Teil der Angst vor Werners bevorstehendem Tod loslässt, spürt, wie sie einen Teil der Trennung mit Jessi verkraftet, spürt, wie gerne sie die Streitereien mit ihrer Mutter beiseitelegen möchte. Nicht jedes Gespür ist einzeln wahrnehmbar, es ist eher die Masse des Loslassens, wozu Werners Worte sie bringen, die an den Bergen heften, als sei jeder entblätterte Baum an den Hängen und jeder kalte Stein auf den Spitzen ein Wort, das mittels des ihm beigemessenen Wertes zu leuchten beginnt. Als würde die Natur sagen, empfange mich mit dem Glauben, dir Gutes tun zu können, dir Ausgeglichenheit zu schenken. Und sobald wir es zulassen, lassen wir los.

Durch mich erhalten die Berge einen Wert. Ich mache sie für mich wertvoll, schreibt Ellie auf. Sie strahlt innerlich. Die empfundene Kälte ist vollständig verflogen.

»Und das, meine ich, ist eben Freiheit. Während wir in der Stadt an nichts glauben, sondern nur die Vision der Stadt erfüllen: unseren Teil zu einer mittlerweile eher absurden Vorstellung von einer Gemeinschaft beitragen, indem wir so viel arbeiten, bis wir nicht mehr können, und künstlich hochgezogene Freizeitangebote konsumieren, mieten und Dinge kaufen, die wir womöglich nicht einmal benötigen. Daher ist es wichtig, darüber nachzudenken, welchen Erwartungen wir in der Stadt nachgehen, denn auch Erwartungen sind das Gegenteil von Freiheit. In der Stadt können wir sehr selten etwas hinter uns lassen, dort muss sich in jeder einzelnen Sekunde dem gestellt werden, was uns wie ein brennender Sekundenzeiger trifft, der nicht ein einziges Mal erlischt und uns Ruhe gewährt, der uns jederzeit daran erinnert, dass wir irgendwo ein Feuer zu löschen haben. Verstehe mich bitte nicht falsch, wie gesagt, auch die Stadt kann ein erfüllter Ort sein, das Urteil darüber ist jedem aufs Individuellste möglich; und doch empfehle ich dir, auch wenn ich eines Tages nicht mehr da sein werde, die Berge aufzusuchen, wenn dir die Stadt keine Ruhe lässt und du dich nach etwas Natürlichem sehnst. Wann immer du dich in einer Sackgasse befindest. Wann immer du glaubst, der Stress wird zu viel, die Erwartungen zu hoch, zu viel Brennen, das gelöscht werden muss, trotz allem, was dich dort erfüllt. Hier kann es dir gelingen, über deine Zeit selbst zu bestimmen und zu überlegen, wie du sie nutzen und wie du dich in ihrem unaufhörlichen Fortschreiten fühlen möchtest«

»Ich werde darüber nachdenken.«

»Um nichts anderes geht es. Ich werde nun ein wenig schlafen. Lass uns am Nachmittag weiterreden.«

»Ja.«

Nach einer Weile ist es, als sei etwas umgekehrt worden. Werner schläft und während Ellie auf der Couch in der kleinen Ecke am Kamin sitzt, beobachtet sie ihre Mutter auf der Veranda, die nun schon die dritte Zigarette in Folge raucht. Mit verschränkten Armen steht sie da, neben der Holzbank, und schaut in das Tal. Ellie fragt sich, wie es sein kann, in der Ausgeglichenheit der Berge rauchen zu müssen. Sicherlich ist das eine Sucht, die besänftigt werden muss, aber Ellie kommt nicht um den Gedanken herum, dass auch in den Bergen manch eine Herausforderung zu groß ist, um durch die alleinige Anwesenheit von schützenden Landmassen davon abgelenkt zu werden. Wenn Großvater stirbt, sind die beiden Elternteile ihrer Mutter fort, an Orten, die sie nur durch das Betrachten eines Grabes besuchen kann. Oder in der Erinnerung, wie Werner es ihr beizubringen versucht. Fortan müsste sich alles, jedes Gespräch, jeder elterliche Rat, jede Geborgenheit aus etwas Erdachtem ergeben, ein Gespräch im Kopf sein. Für Ellie wäre es dagegen dasselbe, die Eltern ihres Vaters leben in Ungarn, das Verhältnis ist zerstritten, sie konnte ihre Großeltern väterlicherseits niemals kennenlernen; sie sind wie Mythen, von denen nicht geredet werden darf, weil sie Vater derart schlecht behandelt haben, dass er noch in jungen Jahren ins Heim geschickt wurde. Mutters Eltern wären zwar ebenso fort, doch mit dem Unterschied, dass Erinnerungen existieren, die, wie Ellie nun glaubt und woran sie festzuhalten versucht, niemals fortgehen werden. Sie müssen nur von Zeit zu Zeit wieder an die Oberfläche des Bewusstseins geholt werden, durch Gespräche mit ihrer Mutter, durch das Aufsuchen der Berge, durch ein bewusstes Nachdenken in einer nur für diesen Zweck sich genommenen Minute. Oft ist es jedoch so, dass das in der Theorie sehr einfach Klingende eine große Anstrengung in der Wirklichkeit erfordert, und damit ist die Realität gemeint, die außerhalb unserer je nach Stunde und Tag zur Verfügung stehenden Kraft steht. Manchmal haben wir nicht die Kraft, eine Herausforderung zu bewältigen, und manchmal ist die Furcht vor etwas größer als der Mut, dagegen anzugehen. Ellie weiß das und natürlich weiß auch Sabine das. Was nichts ändert, oder?

Sabine schabt das glühende Ende ihrer Zigarette auf einem Stein an der Ecke der Veranda aus und legt den Stummel in eine Metallschachtel, um ihn später zu entsorgen. Sie setzt sich auf die Holzbank. Es ist, als sei der Mensch, der im Schlafzimmer schläft, bereits fort, so wie sie da sitzt, den Platz eingenommen, um die Geschichte ihres Vaters in Gedanken weiterzuschreiben. Ein eigentlich schöner Gedanke, sagt sich Ellie, denn jetzt sieht sie nicht das, was bald sein wird, sondern eine Art Danksagung, sie glaubt, in jener Minute, dass ihre Mutter sich für das Leben ihres Vaters bedankt. Von diesem Anblick inspiriert, öffnet Ellie ihr Notizbuch, das sie die ganze Zeit über fest in den Händen gehalten hat, und schreibt ihrem Großvater einen Brief.

Lieber Opa Werner,

es ist Nachmittag, ich frage mich, wo ist der Tag hin? Sonntagabend holt mich Papa schon wieder ab. Am liebsten würde ich jetzt wie Mama die ganze Zeit bei dir bleiben.

Sie raucht. Sehr viel, das wusste ich gar nicht. Sie tut mir leid, wie sie da steht und raucht. Als hätte sie niemanden. Ich muss aufhören, mich mit ihr zu streiten.

Du hast gesagt, Du bleibst für immer bei uns. Ich werde versuchen, mir Zeit für Dich zu nehmen, damit ich keine gemeinsame Erinnerung vergesse. Und auch nach Deinem … auch später noch mit Dir Zeit verbringen kann.

Danke, dass Du mir früher so viel von Oma Elisa erzählt hast. Auch wenn ich sie nicht selbst kennenlernen konnte, habe ich das Gefühl, sie kennengelernt zu haben. Es war, als würde sie leben, nur woanders.

Dank Dir sehe ich auch die Berge anders als bisher. Sie waren für mich immer ein Abenteuer, in den Sommerferien, aber jetzt verstehe ich, dass sie mehr sein können. Es liegt nur an mir. Vielleicht denke ich noch einmal darüber nach, ob ich nicht doch in den Bergen leben könnte, später einmal. Nach dem Studium. Du weißt ja, ich träume davon, Bücher zu schreiben. Das könnte ich auch außerhalb der Stadt.

Bitte bleib doch noch etwas bei uns. Ich habe Angst davor, dass Du gehst. Alle werden so traurig sein. Ich weiß noch gar nicht, wie ich das verkraften kann.

Ich will aber, dass Du weißt, dass Du der beste Opa der Welt bist. Der Allerbeste!

Ich werde mir ganz viel Zeit nehmen. Versprochen.

Bis bald,
Ellie

Tränen füllen Ellies Augen. Ihr Brief kommt einem Abschied nahe, es ist, als würde sie versuchen, sich darauf vorzubereiten. Zugleich hat sie seit Langem nicht mehr etwas derart Ehrliches geschrieben, und sie hat endlich mal

Worte gefunden, die ihre Gefühle beschreiben. Denn Gefühle zu haben ist einfach, sie beschreiben zu können eine Kunst. Diese Worte, die sie sich zu eigen gemacht hat, stammen von ihrer Deutschlehrerin Frau Petrovski, einer immigrierten Polin und renommierten Lyrikerin, die mit viel Willenskraft der Sprachbarriere getrotzt hat. Gefühle zu beschreiben ist eine Kunst, da hat sie recht, und Ellie kämpft damit von Tag zu Tag; gegenüber ihrer Mutter, Jessi, Vater, Werner. Doch wie schwer muss es für Frau Petrovski gewesen sein, die ihre Gefühle mit Worten beschreiben musste, die nicht ihrer Heimatsprache entsprangen?

Alte Gedanken können zu einer neuen Bedeutung gelangen, wenn man sie in einem anderen als dem gewöhnlichen Kontext betrachtet, an einem anderen Ort, zu einer anderen Zeit. In einer Sache ist sich Ellie also sicher: dass der Ort in den Bergen es ihr einfacher macht, die für sie richtigen Gedanken und Worte zu finden. Weil hier eine Auszeit ohne Erwartungen möglich ist. Hier gibt es Ruhe, um nachdenken zu können. Fühlen zu können. Als würden die Berge es ermöglichen, mehr zu fühlen, statt mehr zu tun.

Wenn das so wäre, bestünde die Kraft der Berge nicht nur im Schaffen von Ausgeglichenheit, sondern auch im Zutragen von echten Daseinszuständen, die geschaffen werden, wenn wir uns unserer Gefühle bewusst werden. Sowohl des Schmerzes, in einer beinahe unerträglichen Reinheit, als auch des Glücks, allem voran der Wertschätzung, sowohl der Liebe als auch etwas, das Hass sehr nahekommt, aber in einer Form, mit der wir leben können, die uns erlaubt, unseren Hass zu reflektieren und damit zu relativieren. Durch solche Gedanken, wie sie Ellie gerade durchströmen, erlangt sie eine neue Perspektive auf die vielen Streitereien mit ihrer Mutter: Unausgesprochenes und Unreflektiertes führt zu Streit, aber dieser Streit geschieht aus Liebe und Liebe kann Streit erst möglich machen. Weil wir uns ohne die Liebe zur Familie nicht streiten würden. Sodass wir versuchen sollten, die Flamme unseres Hasses im Inneren durch das Bewusstwerden der Liebe zu verkleinern und dann in einem direkten und ehrlichen Gespräch zu löschen.

Ellie, sie muss mit ihrer Mutter sprechen. Über all den Streit und den Schmerz, Opa zu verlieren.

So, ganz unbewusst, hat Ellie im Nachdenken eine Antwort gefunden. Und die Berge haben es ermöglicht.

V. Zeit zum Arbeiten

»Mama, ist alles okay?«, fragt Ellie. Ihre Mutter ist gerade durch die Verandatür ins Warme gekommen, das Kalte weiterhin brennend auf den Fingerspitzen und in ihr blasses Gesicht geschrieben.

»Ja, es geht schon. Was machst du?«

»Ich schreibe ein bisschen … ich habe Opa einen Brief geschrieben.«

»Das ist schön.«

»Ja.«

»Darf ich es lesen?«, fragt Sabine, obgleich ahnend, sie würde ein rasches Nein zurückbekommen.

»Hm. Nein. Lieber nicht.« Denn Ellie hat es für Werner geschrieben.

»Okay. Du weißt aber, wie sehr ich dich für deine Texte bewundere, ja? Deine Aufsätze in der Schule habe ich immer gerne korrigiert, doch abgesehen von ein paar grammatikalischen Verbesserungen, die ganz natürlich sind, waren es spannende Texte, an denen nichts geändert werden musste. Sie waren einfach so gut.«

»Ja, schon. Aber dieser ist für Opa.«

»Verstehe.«

»Übrigens, ich habe letzte Woche mal nach einem Studiengang geschaut. Das Abitur mache ich zwar erst in zwei Jahren, aber dass man nie früh genug planen kann, habe ich wohl von dir.«

Werner hätte lautstark protestiert.

»Ganz bestimmt. Hast du einen spannenden Studiengang gefunden?«

»Ja. Einen fand ich besonders toll, *Literarisches Schreiben*, in Köln.« Plötzlich wird Ellies Stimme schneller und hektischer, beim Aussprechen des Studiengangtitels war ihr nicht ganz wohl zu Mute. Nicht nur, weil das Studium 500 Kilometer von München entfernt wäre, sondern weil es *Literarisches Schreiben* ist. »Die Lehrpersonen sind allesamt erfahrene Autorinnen und Autoren, einige davon haben Bestseller geschrieben. Sie glauben, dass das Schreiben ein Handwerk ist, das erlernt werden kann. Es klingt ganz großartig, welche literarischen Richtungen dort gelehrt werden und wie das eigene Schreiben im Laufe des Studiums verbessert wird. Und die Abschlussarbeiten werden direkt an Literaturagenturen weitergeleitet oder man präsentiert sie ihnen selbst. Stell dir nur vor, welche riesigen Chancen ich damit hätte.«

Und in der Tat: Es ist nicht ganz das, was Sabine erwartet hat.

»So einen Studiengang gibt es?«, fragt sie.

»Ja.«

»Ist ja interessant. Konntest du noch weitere Studiengänge finden, die dich interessieren?«

»Nein.«

Ellie, auf einmal trotzig. Sabine, unfähig, mit Wohlwollen auf diesen Wunsch ihrer Tochter zu reagieren. Weil das Schreiben den Lebensunterhalt nicht gewährleisten kann, glaubt sie, weil es zu einem Leben führt, in dem vorrangig das Glück entscheidet, ob man erfolgreich ist oder nicht. Ganz im Gegensatz zu ihrer Laufbahn, von der schüchternen Auszubildenden zur Managerin im Großunternehmen, allein erkämpft in einer Männerdomäne, in der sie lange belächelt wurde. Ihrer Ansicht nach hat das etwas Handfestes, ihr Job gibt ihr und ihrer Familie Sicherheit.

»Was ist denn mit Bauingenieurwesen? Du kannst gut zeichnen und in Mathe und Physik bist du auch gut.«

»Das interessiert mich nicht.«

»Touristikmanagement? Wir haben spannende Reisen zusammen unternommen und du hattest immer so viel Spaß.«

»So viel Spaß, wie man als Kind in einem All-inclusive-Hotelurlaub nur haben kann.«

Und so diskutieren sie eine Weile weiter, Sabine mit Ideen, die ihrer Meinung nach zu einem wohlhabenden Leben führen, und Ellie als Verteidigerin eines Studiengangs, der ihr sofort zugesagt, ihr auf Anhieb ein paar neue Träume geschaffen hat. Dass ihre Mutter vehement dagegensteuert, ist nur logisch, so kennt sie ihre Mama und sie ist natürlich auch stolz darauf, eine Mutter zu haben, die sich in einem Umfeld durchgekämpft hat, in dem Männer bevorzugt werden und Frauen es grundsätzlich schwerer haben. Doch warum sollte das Durchkämpfen nicht auch in der Literatur möglich sein? Warum sollte sie diesen Studiengang nicht als erstrebenswert empfinden, wenn er genau auf ihre Leidenschaft passt, das Lesen von Büchern, das Schreiben von Texten? Weil sie damit nicht genug Geld machen würde? Wer weiß das schon!

»Schau mal. Du willst doch in München bleiben, oder nicht? Und dort eine Wohnung zu unterhalten, ist teuer. Eine Familie zu gründen ebenso. Als Autorin, selbst wenn du gut bist, bist du stets mit der Angst konfrontiert, dir die Miete nicht leisten zu können. Gutes Essen. Den Lebensstandard für die Kinder, die du mal haben wirst. Denselben Standard, den ich dir ermöglicht habe, unabhängig davon, wie viel dein Vater verdient hat. Oder willst du dich mal von einem Mann abhängig machen?«

»Also erst einmal, falls du es vergessen hast, ein Mann kommt für mich sowieso nicht in Frage.«

»Dann halt eine Frau, das spielt doch grad keine Rolle! Der Punkt ist, du musst unabhängig sein, frei. Und nicht ständig in der Angst leben, ob sich deine Bücher verkaufen, ob deine Kolumnen gelesen werden, ob dein Geschreibe irgendjemanden interessiert.«

Mein Geschreibe. Wow. In Ellie entsteht ein Kopfschütteln, eine Raserei, eine Ungläubigkeit dem gegenüber, wie ihre Mutter argumentiert, was sie sagt und wie wenig sie doch darauf eingeht, mit wem sie hier redet. Ich bin es doch, sagt Ellie in Gedanken, deine Tochter, wie kannst du nur versuchen, mir deine Ansicht aufzuzwingen, ohne dabei den Menschen zu berücksichtigen, der ich bin? Eine Autorin, vielleicht. Vielleicht aber auch etwas, was ich noch nicht weiß. Verdammt, es ist eine erste Idee, eine Idee, die ich mag, bei der ich instinktiv Glück verspüre über die Art und Weise, wie ich mich darin wiederfinden und erfüllen könnte. Als der Mensch, der ich bin.

Stattdessen: nichts. Kein Widerwort. Aus denselben Gründen, weshalb sie sich so lange in ihr Zimmer zurückzog, nachdem Jessi schlussgemacht hatte. In der folgenden Stille ist es, als würde die Mutter ihr Kind dabei beobachten, wie sie auf einem Kutter davonsegelt; ihr flammender Appell abgeprallt am Bug, all ihre Mühe umsonst! Und das Kind, das seine Mutter wie eine Fremde betrachtet, es segelt los und muss das für sie Richtige finden. Wenn ihre Mutter es doch nur verstehen würde. Warum nur, warum versteht die Erwachsene vor mir mich denn nicht?

»Ellie«, sagt Sabine mit dem Anflug eines leiseren Tons, »du siehst doch, was ich alles auf mich genommen habe, um dir ein Leben zu ermöglichen, wie wir es heute leben.

Mit unserer Wohnung nähe dem Viktualienmarkt, mit der guten Schule, auf die du gehst, mit den Restaurants, den Reisen, dem Taschengeld, das ich dir jeden Monat überweise. Natürlich zahlt dein Vater mit, bis zuletzt etwas weniger als ich und das ist okay, ehrlich gesagt, das macht mich stolz, weil es eben nicht mehr so wie früher ist, als wir Frauen zuhause bleiben mussten, die Wohnung putzten, das Essen machten, abhängig waren von den Männern, die das Geld nach Hause brachten. Ich weiß, dass ich unabhängig bin und allein zurechtkommen kann. Und das ist es doch nur, was ich mir für dich wünsche.«

»Ob du es glaubst oder nicht, alles, was du dafür tun musst, ist, mich zu unterstützen. Auf dem Weg, den ich, ich ganz allein, einschlagen möchte«, sagt Ellie, irgendwie verletzt.

»Und wenn du nicht weißt, was der richtige Weg für dich ist? Wenn du einen Weg einschlägst, der dir keine Sicherheit geben kann? Glaub mir, wenn du erst einmal eine Familie hast, ist Sicherheit das Wichtigste. Und dafür habe ich mich hochgekämpft.«

»Dein Leben ist nicht meins, okay? Sicherheit, ja, das ist schön und ich weiß, dass es uns gut geht so, wie wir leben. Aber lieber finde ich einen Beruf, der mir Spaß macht, als einer Arbeit nachzugehen, durch die ich wahnsinnig viel Geld verdienen kann, aber gleichzeitig unglücklich bin. Weil es nicht das ist, was ich machen möchte, womit ich so viel Zeit verbringen möchte.«

Sabine atmet laut durch. Auch Ellie dreht sich kopfschüttelnd zur Seite. In Zurückgezogenheit, in einem Moment des Innehalten kann eine Distanz zum Inhalt des Gesprächs erschaffen werden. Oftmals ist das Gesagte dann von Zweifel umgeben. Einerseits versteht Sabine ihre

Tochter, sie versteht sie sogar sehr gut, immerhin hat sie die letzten zehn Jahre, bis sie kündigte, um sich um ihren Vater zu kümmern, vierzig bis sechzig Stunden die Woche gearbeitet in einem Beruf, für den sie sich einmal entschieden hatte, bei dem sie geblieben war und der fortwährend für mehr Stress als Glück gesorgt hatte. Schon lange konnte das überwiesene Gehalt nicht mehr ihre Anstrengungen kompensieren, sie nahm das gute Geld hin, gab es für ihre Familie aus, gönnte sich ab und zu selbst etwas und zusammengenommen war sie froh darüber, ihrer Familie einen solchen Standard bieten zu können. Andererseits war das Geld schwer verdient, es gab Tage, schon viele Jahre zuvor, an denen sie innerlich kündigte, hinschmeißen wollte. Weil sie ein Vielfaches der ihr zur Verfügung stehenden Kraft für einen Job hingab, der an vielen Tagen sinnentleert war, sie tat sich plötzlich schwer, in ihrer Arbeit eine sinnstiftende Tätigkeit zu sehen. Und arbeitete doch, Woche für Woche, bis in die Abendstunden, weil sie es hinnahm. So war es halt. Und weil sie den Männern nicht erlauben wollte, Sprüche loszulassen wie: Ich habe es ja gewusst. Oder: Daran sieht man, dass dir das eine Nummer zu hoch ist. Das war es mit Sicherheit nicht und deshalb hielt sie daran fest. Einzig die Frage nach dem Sinn ließ sie verzweifeln. Bis sie zur Erkenntnis gelangte, dass es ihr nun wichtiger sei, Zeit mit dem Vater zu verbringen, als weiterhin einmal pro Woche im Halbschlaf des späten Abends mit ihm zu telefonieren, wobei sie kaum fähig war zuzuhören.

Ja, Sabine versteht ihre Tochter. Und doch ist da ein Widerspruch in ihr: Kann sie Ellie bei etwas unterstützen, das solch ein großes Risiko für ihre Zukunft darstellt? Immerhin hat Sabine die Wahl gehabt, den Job hinzuschmeißen. Auch diese Wahl hatte sie sich hart erarbeitet. Als Autorin würde Ellie mit wenig Geld über die Runden kommen müssen und ein Leben in eingeschränkten Bahnen führen müssen. So wie Werner, der das Landhaus erst an seinem siebzigsten Geburtstag abbezahlt hat.

»Überleg doch mal, wie es Opa ergangen ist. Er hat sein ganzes Leben lang gearbeitet, teilweise in Kanada, da lief es sehr gut, dann wieder hier, da lief es weniger gut. Hart hat er gearbeitet, sehr hart. Und hat dafür relativ wenig verdient. Hast du Opa einmal Urlaub machen sehen? Nachdem er aus Kanada zurückgekehrt war, hat er die Grenze der Alpen nicht mehr überschritten. Wie lange das schon her ist. Und in Restaurants hat er immer das günstigste Gericht genommen. Hat stets den Bus zu uns in die Stadt genommen, wenn der Sprit zu teuer war. Ich könnte noch sehr viel mehr Beispiele anführen. Möchtest du ebenso eingeschränkt leben müssen? Willst du nicht auch die finanzielle Freiheit haben, deine freie Zeit mit all dem füllen zu können, was dich glücklich macht?«

»Ich habe ein erfülltes Arbeitsleben gehabt«, sagt Werner, der plötzlich im Türrahmen steht. An das Holz angelehnt, mit zerzausten Haaren und warmem Blick. Sabine fühlt sich gleich schuldig für das, was ihr Vater mit angehört haben muss.

»Papa, seit wann stehst du schon da, haben wir dich geweckt?« Sofort steht sie auf und stützt ihren Vater auf dem Weg zum Sessel.

»Ich habe nicht tief geschlafen.«

»Tut mir leid, was ich eben gesagt habe.«

»Mach dir keinen Vorwurf. Du erzählst ja keine Märchen, sondern die Wahrheit. Ich habe nicht sehr viel verdient. Ich habe in Restaurants darauf geachtet, dass das, was ich mir auch in etwas einfacherer Form hätte zuhause zubereiten können, nicht zu viel kostet. Ich bin lieber Bus gefahren, weil ich mich darin sicherer gefühlt habe. Und ja, der Sprit war immer viel zu teuer.«

Schweigen. Wie lässt sich ein Streit zwischen mütterlicher Sorge und jugendlichem Eifer, zwischen Erfahrung und Hoffnung, zwischen etwas Traditionellem und etwas Neuem schlichten?

»Das war jedenfalls nicht böse gemeint«, sagt Sabine und schaut ihrem Vater dabei in die Augen.

»Ich weiß.« Werner gähnt kurz, dabei rascheln seine Stimmbänder in faltiger Tiefe. »Du weißt aber, dass ich stets sehr glücklich war mit meinem Beruf. Als Lagerist habe ich zwar nicht viel verdient, aber ich trug Verantwortung. Ich hatte Menschen um mich herum, die nicht arbeiteten, um bei der nächsten Gelegenheit einen anderen Job anzunehmen. Wir waren eine große Familie im Betrieb. Wir unterstützten einander. Wir redeten miteinander. Wir verbrachten die Zeit miteinander, nicht weil wir dazu gezwungen wurden, jeder von uns arbeitete freiwillig dort und der Betrieb genoss ein gutes Ansehen in den umliegenden Dörfern. Diese Zeit schweißte uns zusammen. Die meisten von uns haben mehr als zwanzig Jahre in dem Betrieb verbracht. Ich durfte Auszubildende anlernen und hart arbeitende Freunde bis in die Rente begleiten. Einige meiner ehemaligen Arbeitskollegen und Kolleginnen sind heute tot, aber ich trage sie weiterhin im Herzen. Wie ist es mit den Menschen, mit denen du zusammengearbeitet hast, Sabine? Trägst du sie im Herzen?«

»Einen … zwei.«

»Die Menschen haben einen großen Einfluss darauf, wie glücklich wir in unserem Job sind. Gerade weil die

Arbeitszeit verpflichtend ist, ist es wichtig, sich dabei mit Menschen zu umgeben, die dich unterstützen. Mit denen du reden kannst, von denen du dich verstanden fühlst und mit denen du nach der Arbeit auch mal privat Zeit verbringst. Menschen sind wichtiger als Geld.«

»Hörst du, Mama?«

»Verbündet euch ruhig gegen mich. Die Realität da draußen ist eine andere.«

»In der Realität ist ein gewisses Einkommen überlebenswichtig, ja. Für das Gemüt, für ein befriedigendes Leben, um die grundlegenden Bedürfnisse zu decken. Damit Zufriedenheit einkehrt. Doch was ist zufriedenstellend? Geld aus einer Tätigkeit, auf die wir im hohen Alter zurückschauen und uns fragen, wie wir vierzig Jahre unseres Lebens damit haben verbringen können? Oder Geld, das vielleicht gerade ausreicht, wir aber vor dem Schlafengehen uns im Badezimmerspiegel mit einem guten Gewissen in die Augen schauen können. Uns selbst mit Liebe begegnen können, weil wir wissen, wir tun etwas, womit wir glücklich sind?«

»Wohin führt das, Paps? Mach unserer Ellie keine falschen Hoffnungen. Das Arbeitsleben ist nicht darauf ausgerichtet, ohne Gegenwind, ohne Kampf, ohne Ausdauer überstanden zu werden. Das wird zum Leben nicht reichen. Ist es nicht so, dass wir unsere eigenen Träume, unsere Vorstellung von einer erfüllenden Tätigkeit zurückstellen müssen, um ein gesichertes Leben zu erhalten?«

»Ich möchte die Wahrheit sagen. So ganz Unrecht hast du nicht. Oftmals ist die Zeit für die Erfüllung seiner Träume noch nicht gekommen. Der Weg dorthin ist niemals ein leichter, nur so kann ein Wunsch, den wir in Angriff nehmen wollen, aber zunächst zurückschrecken vor der gewaltigen Aufgabe, zum Traum werden. Aber wir haben ein Ziel vor Augen und dieses Ziel erreichen wir nicht, indem wir unsere eigentlichen Leidenschaften immer und immer wieder aufschieben und uns sagen, irgendwann ist die Zeit dafür reif, doch jetzt noch nicht, nein, ich muss abwarten, ausharren. Damit sind wir wieder Gefangene der Zeit, Opfer eines Gegners, den wir eigentlich selbst in der Hand haben, ohne es zu bemerken. Denn die Zeit ist unser Verbündeter.«

Ellie ist weiterhin von einem inneren Kopfschütteln benommen. Wie konnte das nur so eskalieren, sie hatte es nicht gut genug geplant, Mutter von diesem Studiengang, und damit von ihrem Traum, zu erzählen; sie würde in diesem Moment gerne aus dem Gespräch ausbrechen. Es fühlt sich unangenehm an; es ist mal wieder so, dass Erwachsene über sie reden, ohne sie einzubeziehen. So fühlt sich auch die Schule an, denkt sie. Erwachsene führen sie durch die Schulzeit, Erwachsene erlassen Regeln, Systeme und geben Noten, Erwachsene bereiten sie in einer Weise auf das Arbeitsleben vor, dass man meinen könnte, all diese Erwachsene wären selbst nie in der Schule gewesen, mit individuellen Träumen und Leidenschaften. Bis auf Frau Petrovski in Deutsch, die sehr wohl verstand, ihre Schülerinnen und Schüler durch das Übertragen ihrer eigenen Leidenschaft im Schreiben zu unterstützen und solche, die im Schreiben keine Leidenschaft fanden, nicht zu bestrafen, kam kein Lehrer und keine Lehrerin auf die Idee, die Heranwachsenden in ihren persönlichen Träumen zu bestärken. Stattdessen bestärkten sie das System, den veralteten Lehrplan. Eine traditionelle Methode, die auch ihre Mutter anwendet, um Ellie von der scheinbaren Realität zu überzeugen.

»Aber Papa, ich musste da durch. Ich musste mir diesen Weg freikämpfen und während ich dies tat, wollte ich ein Vorbild für mein Kind sein. Sie sollte sehen, dass ihre Mutter hart arbeitet, sie sollte verstehen, dass sich Frauen in einer für Männer ausgelegten Welt behaupten und ihr Recht in Anspruch nehmen müssen, gleich behandelt zu werden, um gleiche Chancen auf höherrangige Positionen zu haben. Das war mir wichtig. Und ehrlich gesagt«, Sabine schaut zu Ellie und berührt sie sanft an der Schulter, »hatte ich gehofft, du würdest diesen Weg weitergehen. Weiter für das kämpfen, was noch lange nicht geschafft ist. Das Recht auf Gleichheit, im Job, in der Welt.«

Die sanfte Berührung ihrer Mutter wirkt auf Ellie, von der Schulter aus breitet sich etwas Wärme und das Gefühl der Annäherung aus. Demonstrativ atmet sie tief durch, um mitzuteilen, dass sie weiterhin vom Unverständnis ihrer Mutter geplagt ist. Trotzdem sagt sie: »Du bist ein Vorbild für mich, Mama. Das habe ich nie in Frage gestellt. Aber ich muss meinen eigenen Weg gehen, oder nicht? Wo ich vielleicht selbst einen Unterschied machen kann. Wenn ich an einen eigenen Roman denke, kribbelt es in mir. Nichts kommt an diese Vorstellung heran. Ich sehe es vor mir, das letzte Wort des Romans, der Vertrag mit dem Verlag, das Buch im Schaufenster, die erste Signierstunde. Wenn ich dagegen dran denke, wie ich im Großraumbüro Calls tätige, so wie du, ständig, ständig hast du deine Calls, da dreht sich mir der Magen um. Ich möchte mich genau wie du für das Recht der Frauen einsetzen, für Gleichheit. Aber auf meine eigene Art. Und das ist das Schreiben. Glaube ich jedenfalls.«

Ja, denn noch bist du sechzehn Jahre alt, besinnt sich Sabine, doch die eigentliche Besinnung geschieht darin, dass sie langsam realisiert, dass sie ihre Tochter nicht davon abhalten kann, geschweige denn sollte, ihren eigenen Weg zu gehen. Und dass sie das, was sie sich für ihre Tochter vorgestellt hat, loslassen muss.

»Es muss sich nicht ausschließen, die Entscheidung für etwas, das abseits des gewöhnlichen Karrierewegs ist, und der Einsatz für die richtigen Werte, nicht wahr?«, fragt Werner, Ellie zunickend. »Ich wünschte, ich hätte mehr Zeit meines Arbeitslebens dafür getan. In der Logistik waren es allesamt Männer, die, nun ja, am Hebel saßen. Ich habe es nicht hinterfragt. Es war die Zeit, in der ich gelebt habe, denke ich, doch aus der Zeit heraus entsteht Kultur. Und die Kultur meines Arbeitslebens bestand zu großen Teilen in der Ignoranz gegenüber einer ungerechten Verteilung der entscheidenden Positionen von Mann und Frau. Dies zumindest sagte mir deine Mutter, eine Rebellin, die sich in der Stadt entwickelte, zu weit von mir entfernt, sodass ich sie nicht regelmäßig sehen konnte, aber auch sehr nah durch das, was ich selbst auf dem Land mitbekam: Da ist diese Frau, meine Tochter, die sich für Gleichberechtigung einsetzt. Mensch, was war ich stolz! Und es öffnete mir die Augen, da war ich Mitte fünfzig, fast sechzig. Zunächst fragte ich mich, ob ich überhaupt imstande sei, die Ungleichheit anzusprechen, als einfacher Lagerist, der niemals darüber hinausgekommen war, es aber auch nicht wollte, die Entscheidungen, das Politische sollte von mir fernbleiben, und solange ich den Job, den ich liebte, weiterhin auf dieselbe Art und Weise ausfüllen konnte, war es mir recht, in der Einfachheit meines Berufs zu bleiben. Dann merkte ich schnell, dass es kleine Handlungen schon taten, mit denen ich die Worte meiner Tochter auch als fast ältester Angestellter umsetzen konnte.

Ein gutes Wort beim Chef für die Kollegin, die Abgabe der Leitung eines Großprojekts an eine Kollegin, im Grunde: einen Schritt zurückweichen, um das Scheinwerferlicht auf die zu richten, die systematisch benachteiligt wurden. Dadurch, dass wir handeln, können *wir* die Kultur, die in der Zeit unseres begrenzten Lebens entsteht, zum Guten verändern. Ungerechtes gerecht machen.«

»Wow, jede Feministin wäre stolz auf dich, Paps«, lacht Sabine. Ellie schmunzelt nur. Obwohl Sabine gerade von jenem Telefonat 1999 erzählen wollte, in dem sie Werner erzählte, dass sie als jüngste Managerin in die Geschichte des Unternehmens eingegangen sei, als Frau wohlgemerkt, und Werner vor Stolz fast geplatzt sei, als er dies hörte von seiner Tochter, die da so weit entfernt in der Stadt eine kulturverändernde Rolle einnahm, geht Sabine in Gedanken zurück und ruft sich erneut das Problem ins Gedächtnis, das eben noch zu Streit geführt hat. Da ist meine Tochter, die sich unverstanden fühlt. Und ich bin dafür verantwortlich.

»Es tut mir leid, wie ich reagiert habe. Natürlich werde ich dich unterstützen, bei allem, was du machen möchtest. Ich habe nur Angst, du könntest …«

»Meinen Traum nicht weiterverfolgen? In meiner Klasse habe ich einen Jungen, der als einziger Junge im Tanzunterricht dabei ist. Und er tanzt so gut. Wird aber von seinem Vater viermal in der Woche zum Fußballtraining geschickt. So in etwa fühlt sich das gerade an. Als hättest du dasselbe mit mir vor«, sagt Ellie, erstaunt über die eigene Ehrlichkeit, zu ihrer Mutter.

»Verstehe. Ja, das verstehe ich. Und natürlich möchte ich das nicht.«

»Dann zeig mir das.«

»Ich werde es versuchen.«

Ellie nickt.

Wie schnell Geld doch in den Hintergrund rückt, wenn wir über Erfüllung im Arbeitsleben reden. Natürlich soll das Geld ausreichen, keiner soll in Armut leben oder in ständiger Unruhe, dass es in diesem oder jenem Monat wieder knapp werden könnte. Doch Erfüllung im Job, und davon ist Werner überzeugt, als er in Gedanken noch einmal reflektiert, was sein Arbeitsleben ausgemacht hat, führt immer zu einer ausreichenden Lebensbasis. Er würde noch weitergehen: erst ist es ein Kampf, dann reicht es aus, dann wird es zur Karriere. Sie passiert einfach, wenn wir unserer Leidenschaft nur lang genug folgen. Über Jahre hinweg, niemals aufgebend, niemals das vergessen, das wir wirklich machen wollen, was uns wirklich erfüllt. Und wenn das bedeuten sollte, dass wir erst einmal kämpfen müssen. Aber der Lohn unseres Einsatzes wird um ein Vielfaches erfüllender sein als der Lohn einer Arbeit, bei der wir innerlich kündigen, an jedem einzelnen Arbeitstag, Jobs, bei denen wir sagen, dieses eine Jahr noch, und im Jahr danach dasselbe sagen und immer so weiter, bis wir uns Mitte vierzig fragen, was wir hier eigentlich machen. Daher kann und sollte es ausschließlich darum gehen, seiner Leidenschaft zu folgen oder zumindest etwas tun, in dem die Leidenschaft nicht völlig verborgen werden muss. Sonst landen wir in einem Unglück bringenden Kreislauf, im ständigen Kampf gegen die Zeit und was wir mit ihr anstellen, für das Gehalt, gegen das Glück im Kopf.

Jetzt ist es Werner, der sich zu Ellie wendet und seine Hand auf ihre Schulter legt. Und durch die Wahrnehmung, dass hier zwar zwei Erwachsene mit und über sie reden, aber zwei, die nur das Beste für sie wollen, fühlt sie: Familie. Und Liebe.

»Vergiss nie, dass es Zeit ist, die du mit der Arbeit verbringen wirst. Zeit ist so kostbar wie die Luft zum Atmen, doch entgegen dem Reflex zu atmen, dieses Automatische, dem wir keine Beachtung schenken, es vielmehr voraussetzen, müssen wir die Kostbarkeit der Zeit aktiv einfordern. Wir müssen uns ihr bewusst werden, wir müssen sie wertschätzen lernen, wir müssen verstehen, dass unser halbes Leben von der Arbeit bestimmt wird. Nicht umsonst heißt es Arbeitsleben, wie ein Paralleluniversum, das uns aufgedrückt wird. Doch das Arbeitsleben ist keine Opfergabe. Es ist eine Chance. Eine solche, mit der wir einen Unterschied in der Kultur machen können, die wir kontinuierlich formen und in ein Davor und ein Danach trennen, ein vor mir und ein nach mir. Damit gibt uns das Trennende einen Sinn und Sinn schenkt uns Erfüllung. Heutzutage wird sehr viel Sinn darin gesehen, Werte, die viel zu lange missachtet wurden, voranzutreiben, wie gegen den Klimawandel aktiv zu werden, sich für gleiche Chancen und Vielfalt einzusetzen, gegen Ausgrenzung, für Empathie, auf die jeweils eigene Art und Weise. Die eine in der Managerposition, Menschen, indem sie auf die Straße gehen, oder andere mit einem Buch, und sei es durch eine Geschichte, die uns für ein paar Stunden von der Welt loslöst und uns das Gefühl gibt, wir würden darin unsere eigenen Geheimnisse finden. Was ich sagen will: Für den privilegierten Mensch, der Zugang zu Arbeit hat – denn das dürfen wir nicht vergessen, wählen zu dürfen, mit welchem Beruf wir unsere Zeit verbringen, ist ein Privileg, das viele nicht haben –, ist es einfach, sich vom Fluss der Zeit treiben zu lassen und ein Arbeitsleben zu führen, das niemanden erfüllt. Es ist allerdings eine große Herausforderung, gegen den Fluss der Zeit anzuschwimmen, um der gegenwärtigen Kultur die eigene Stimme aufzudrücken. Damit die Menschen später einmal zurückschauen und Danke sagen, Dank an diese wundervollen Menschen, die sich selbst gefunden und sich für das Richtige eingesetzt haben. Das ergibt Sinn. Das ist das Erfüllende.«

VI. Zeit zum Träumen

Am frühen Nachmittag schon legt sich der Abend auf das Dorf am Fuße des Karwendelgebirges. Mit einem kurzen Gruß in orangeroten Farben verabschiedete sich die Sonne und hinterlässt an Flecken, die sogleich ins Bläuliche getaucht werden, eisige Kälte. Wo am Tage noch Krokusse inmitten jener Gräser gesprossen sind, die gemächlich das Grün des vergangenen Sommers wiederaufgenommen haben, liegt jetzt eine beruhigende Schwärze. Auf halber Höhe schimmern die Holzbalken, das Geländer der Veranda, die umzäunten Felder und die dünnen, von wenigen Laternen beleuchteten Straßen. Oben, auf den zackigen Gipfeln zeugt das Weiß von seiner mystischen Verbundenheit mit dem dahinter sich erhebenden Halbmond.

Ellie hat ein Puzzle hervorgeholt, aus der Kommode gleich hinter der Schlafzimmertür, wo sich ein Spielekarton auf dem anderen stapelt, von Staub umwoben wie Relikte einer Kindheit, die hier mal stattgefunden hat. Dreihundert Teile, ein Universum, viele Planeten, kosmische Nebel in Violett und Bordeauxrot, Sterne, unzählige Sterne. Das hatte sie als Kind geliebt, sie setzte es mit Werner jedes Mal zusammen, wenn sie ihn besuchte. Nun, da Werner aufgrund seiner nachlassenden Sehkraft die kleinen Teile nicht mehr greifen und an die richtigen Stellen legen kann, arbeitet er in seinem Sessel mit hochgelegten Beinen eher strategisch mit, während Ellie wie in guten alten Zeiten durch die Teile rast und mit Adlerblick genau jene herausfischt, die an ein anderes Teil innerhalb des natürlich schon geschlossenen Rahmens andocken können. Sabine ist derweil auf dem Weg zum einzigen Supermarkt im Dorf, um für das Sonntagessen einzukaufen, eine Geste, die Werner in eine Zeit zurückversetzt, als die Familie an den Sonntagen zusammenkam, wenn das Essen stets am ausgiebigsten war.

»Wie damals, nicht wahr? Mit dem Unterschied, dass ich dir nicht helfen kann. Als du ein kleines Kind warst, konnte ich Dinge sagen wie, probiere mal dieses oder jenes Teil, wenn du versucht hast, zwei Teile gewaltsam miteinander zu verbinden. Jetzt kann ich dich lediglich dabei beobachten, wie du das Gelernte scheinbar nicht vergessen hast, im Gegenteil, du hast es perfektioniert.«

»Es ist kein schwieriges Puzzle, sieh her, für Kinder ab sechs Jahren«, lacht Ellie.

»Erinnerst du dich denn auch daran, wie du dieses Puzzle manchmal in den Schlaf mitgenommen hast? Wie du mir am nächsten Morgen von den plötzlich umherschweifenden Planeten erzählt hast, von den Sternen, auf denen du im Traum herumgesprungen bist?«

»Das habe ich geträumt?«

»So gut wie immer wenn wir spät am Abend das Puzzle herausholten und erst kurz vor dem Nachtgang fertig wurden. Es war wie ein Zauber, der sich um dich schloss und deine Nacht zu einer Welt werden ließ, in der du das, was dich beim Zusammenlegen fasziniert hatte, die Planeten, ihre Farben, ihre Anordnung, dazwischen dieses von großen und kleinen Sternen umgebene Schwarz, zu deiner Welt machtest. Du bist aufgewacht und hast ein Abenteuer erlebt. Einen Traum, der so echt wahr, dass er dich nach dem Aufwachen weiterhin als scheinbar wirkliches Erlebnis begleitet hat, bis du mit ebendiesem abschließen konntest, nachdem du mir davon erzählt hattest.«

»An das Puzzle kann ich mich natürlich erinnern, auch daran, wie wir wieder und wieder zusammen Stunden damit verbracht haben. Dass ich das geträumt habe, weiß ich allerdings nicht mehr.«

»Das ist normal. Zunächst ist es die unwirkliche Materie eines Traumes, der uns wiederkehrend heimsucht und uns in Welten versetzt, die selten mit der Realität übereinstimmen; doch einmal vergessen, hat der Traum nichts, das ihn wieder herholen kann. Erinnerst du dich denn an überhaupt einen Traum aus deiner Kindheit?«

»Nein, ich glaube nicht. Mein Vater hat mal gesagt, ich hätte viele Alpträume gehabt und sei schlafgewandelt, er habe mich oft mitten in der Nacht in der Küche am Kühlschrank angetroffen oder im Flur.«

»Alpträume sind meist näher an der Wirklichkeit als Träume. Sie nehmen sich reale Ängste und steigern sie im Schlaf ins Unermessliche, in etwas, das manchmal kaum zu ertragen ist. Wir alle haben diese Alpträume beizeiten. Der Traum allerdings lässt uns schweben und die Grenzen der Wirklichkeit übertreten. Plötzlich stehen wir auf einer Wolke und fliegen um die Planeten, die wir ein paar Stunden zuvor Teil für Teil aneinandergesteckt haben. Dies könnte des Traumes einzige Verbindung zur Wirklichkeit sein. Wäre da nicht …«

Es knackt in Werners Stimmbändern, sie klingen stumpf und abgekämpft. Wie viel Zeit ihm wohl noch bleibt?

»Wäre da nicht was?«, fragt Ellie ungeduldig.

»Das, was der Traum über unsere realen Sehnsüchte aussagt. Der Traum ist das Gegenteil des Alptraums; der Traum wird von der Wirklichkeit inspiriert und erschafft im Unterbewusstsein eine Welt, die uns fasziniert, die wir anstreben, oder die wir gerne erkunden würden. Der Alptraum dagegen nimmt etwas sehr Konkretes aus der Wirklichkeit heraus und stimuliert und verzerrt es zu einer fiesen Panik, die unser Unterbewusstsein heimsucht. Dadurch, dass der Traum aus der Inspiration entsteht, kann er uns eine Idee davon vermitteln, was wir uns in der Wirklichkeit erhoffen, während uns der Alptraum lediglich heimsucht, um unsere Ängste zu verstärken.«

»Ist der Alptraum somit überflüssig? Und was sagt der Traum mir über meine Sehnsüchte? Dass ich gerne im weiten Weltall unterwegs wäre, mich zu fernen Planeten aufmachen möchte?«

»Der Alptraum ist ganz und gar nicht überflüssig. Vielmehr ist er Ausdruck eines Überlebensinstinktes, indem er uns zeigt, was wir fürchten, dass wir es aus einem Grund fürchten, dass wir Acht darauf geben sollen, dieser Furcht nicht entgegentreten zu müssen, aber auch lernen, mit ihr umzugehen.«

»Ein schöner Gedanke«, sagt Ellie und platziert den letzten Stern im ersten vollständigen Viertel jenes Puzzles aus ihrer Kindheit.

»Zu träumen bedeutet, Symbole zu erschaffen. Ist das Symbol nach dem Aufwachen weiterhin im Kopf, wird es wiederholt in einer fragilen Sekunde, die wir mit viel Geschick durchlaufen müssen. Sonst ist das Symbol fort und wir fragen uns, was war da Schönes in meinem Traum, verdammt, wo ist es hin?«

»Kenne ich zu gut.«

»Wenn es dir jedoch gelingt, das Symbol aus dem Traum zu greifen und in dein Bewusstsein zu pflanzen, mit der höchsten Achtsamkeit für das Wertvolle des Augenblicks, wird aus dem Symbol eine reale Sehnsucht. Und an dieser Stelle beginnt der Traum von Neuem, nun in der Wirklichkeit, zunächst als Idee, dann als Vision, die du mit konkreten Taten umsetzt.«

»Aber welche Sehnsucht ist das? Woher weiß ich, dass ich das Symbol richtig gedeutet habe?«

»Bevor wir dem nachgehen, müssen wir eine weitere Unterscheidung machen. Denn wir kommen gerade dem Wunsch sehr nahe, doch der Wunsch und der Traum sind nicht dasselbe.«

»Kann es sein, dass ich weiß, was ich mir wünsche, aber nicht weiß, was meine Träume bedeuten?«

»Toll erkannt. Träume entstehen im Unterbewusstsein, Wünsche im Bewusstsein. Das ist ein wichtiger Unterschied. Da wir nicht die beste Freundschaft haben mit unserem Unterbewusstsein, zumindest ist das bei mir so, da ist einfach zu viel, was mir das Unterbewusstsein vorenthält, sind Träume gelegentliche Botschaften an uns selbst. Unabhängig davon, wie die Realität aussieht, denn Träume werden von der Situation, in den wir uns befinden, nicht sonderlich eingegrenzt. Während beim Wunsch dieser Abgleich geschieht, weshalb wir meinen, ein Wunsch sei stets in Reichweite. Er wirkt näher als der Traum, greifbarer. Demnach können wir das Symbol, das wir durch die bewusste Wertschätzung unseres Traumes in die Wirklichkeit holen, eher als Vision ansehen, als Richtung, als etwas Großes, Übergeordnetes.«

»Einen Moment.« Ellie versiegelt das zweite Viertel des Puzzles und rennt zu ihrem Notizbuch, das sie nicht ohne Grund auf dem Küchentisch liegen ließ, als sichtbare Ermahnung für die Einstellung ihrer Mutter; denn hier hinein schreibt sie ihre Gedanken und vielleicht wird aus diesen Gedanken mal ein Buch.

Im Traum gibt es Symbole. Diese versuche ich nach dem Aufwa-
chen zu wiederholen. Dann habe ich sie in die Wirklichkeit geholt.
Daraus kann ich eine Vision ableiten.

»Ich hoffe, das wird ausreichen, um es auch später verstehen zu können«, sagt Ellie, wobei sie wieder einmal an
die Worte von Frau Petrovski denkt: Verknappung ist die
Kunst des Lyrikers.

»Das wird es, mit Sicherheit.«

»Also: Wenn ich davon träume, wie ich eins mit der
Milchstraße werde und zwischen Planeten und Sterne hin-
durchfliege und es schaffe, mich nach dem Aufwachen zu
erinnern, was ist dann das Symbol? Wie kann ich dann
meine Vision herausfinden?«

»Was glaubst du?«

»Ach, Opa.«

»Versuch es.«

Und Ellie denkt nach. Als Kind hätte sie wohl gesagt,
das Symbol sei das Fliegen, als Jugendliche: die Schwerelo-
sigkeit. Vielleicht der Wunsch, weniger Probleme zu haben. Es soll sich alles leichter anfühlen. Das Weltall, unendlich und unerforscht, also das Unbekannte, das sie entdecken will. Sterne, wie sie glänzen und leuchten und
strahlen, als Kind hätte sie gerne welche in ihrem Zimmer
gehabt, weil sie so fürsorglich erscheinen, als Jugendliche
sieht sie darin Momente, in denen alles gut ist. Ja, sie strebt
nach den Sternen, weil diese ihr wortlos Verständnis zeigen, gleichwohl fühlt sie sich von ihnen angezogen, als sei
ihre große Liebe unter diesen Sternen versteckt, vielleicht
ist es Jessi, die da leuchtet, vielleicht eine Namenlose, die
sie finden wird, und vielleicht sind unter den anderen Sternen Mitglieder ihrer Familie. Sie schauen auf Ellie hinab
und kümmern sich: Ellie, es ist alles in Ordnung. Und die

Planeten, sie sind wie Götter in der Galaxie, auf denen der Mensch normalerweise winziger als ein Sandkorn ist, doch nicht in ihrem Kindheitstraum, da ist das Größenverhältnis, während sie zwischen den Planeten umherfliegt, völlig außer Kraft gesetzt. Heißt das, dass sie das Große, das über ihr Stehende nicht blind akzeptieren will? Sich nicht geschlagen geben will? Immerhin hat sie so ihre Schwierigkeit mit Autoritäten, die meisten von ihnen haben Dinge etabliert, gegen die sie vehement ankämpfen will. Auch das könnte passen, sie ist auf Augenhöhe mit den Autoritäten, hat das, was gesagt wird, selbst in der Hand. Und dass im Leben nichts zu groß ist, um deswegen schon von vornherein aufzugeben; nichts ist zu groß. Sie kann alles in Angriff nehmen. Und sie bestimmt, wohin sie fliegt. Auf dem außerirdischen Nebel, der violette Strahlen ins Puzzle wirft und der ihr im Traum wohl wie ein fliegender Teppich vorkam; eine leichte, gleichwohl unsichere Art der Fortbewegung, vielleicht war ihr Nebelritt etwas Neues, das sie zum ersten Mal ausprobierte, weil es verheißungsvoll klang, die Funken, das Glitzern, die Leichtigkeit, mit der sie herumschweben konnte, und hinweggesetzt hat sie sich über die Straßen, die wir nicht einsehen können, weswegen wir auch mal in einer Sackgasse landen. Dies würde bedeuten, dass sie sich danach sehnt, einen Weg zu gehen, der nicht in Stein gemeißelt ist, sie würde auf neuen Pfaden wandeln wollen, Neues auszuprobieren, sich nicht etwas widmen, das ihr keine Leichtigkeit gibt, was ihr nicht das Gefühl von Erfüllung gibt, und so, wie sie sich umherbewegt, kann sie blitzschnell zwischen dem, was sie glücklich macht, und dem, was sie unglücklich macht, unterscheiden und sich von dem Unglücklichen jederzeit losreißen. Oh, sie würde ein freies, aufregendes Leben führen, leicht, beschwingt und auf der Suche nach neuen Entdeckungen, sie würde sich von Autoritäten nicht unterkriegen lassen, sie würde eine große Liebe finden und sich für die Familie einsetzen.

So viele Symbole, wie Einzelteile eines Ganzen. Und was bedeutet all das? Es ist die Vision für ihr Leben.

Wie soll sie all das nur in Worte packen?

»Du hast es«, sagt Werner plötzlich.

»Woher weißt du das?«

»Man sieht es dir an. Deine Augen, sie wandern von links nach rechts und du lächelst, du hast gesucht, gegraben, gewühlt und du musst etwas gefunden haben.«

»Ich habe es, ja.«

»Das freut mich sehr zu hören. Und es gibt keinen Zwang, es aussprechen zu müssen. Es gehört dir, es ist deine Vision. Halte daran fest. Das Besondere ist zudem: allein durchs Nachdenken, allein durch die Übung, zu versuchen, etwas Unterbewusstes zu deuten, erhalten wir wertvolle Ideen, Vorstellungen, Visionen, denen wir dann nachgehen können.«

Und nebenbei schließt sie schon das dritte Viertel ab. Auf dem Feld krächzt eine Krähe, der Wind lässt die Holzbalken im Dach knacken. Leicht beschlagene Fenster, als würden davor unsichtbare Kinder sitzen und die erkalteten Scheiben anhauchen.

»Dieser Studiengang, von dem du deiner Mutter erzählt hast, das war nicht nur so eine Idee, nicht wahr? Du hast ihn schon lange im Auge, hast alle Studiengänge durchwühlt und nichts Ebenbürtiges gefunden.«

»Da hast du wohl recht. Ich lese mir einen Studiengang durch und denke mir, ohje, wie langweilig, lese einen anderen und denke mir, niemals, lese noch einen und noch einen und irgendwann komme ich immer wieder zum

Literarischen Schreiben zurück. Ich bin die ganze Liste aller Studiengänge schon mehrmals durchgegangen, und auch die ganze Liste möglicher Ausbildungen.«

»Entweder ist dein Wunsch, Literarisches Schreiben zu studieren, bereits zu mächtig geworden, um etwas anderes ins Auge zu fassen, oder dich kann nichts anderes zu einem Traum inspirieren.«

»Wenn ich mir den Titel eines Studiengangs durchlese, möchte ich schon etwas fühlen. Irgendein gutes Gefühl, irgendwas, was ich damit in der Zukunft erreichen könnte. Bei den meisten Studiengängen und Ausbildungen, eigentlich bei fast allen tut sich aber nichts. Außer bei diesem einen. Da … überschlagen sich meine Vorstellungen.«

»Ich glaube übrigens nicht, dass deine Mutter deine Leidenschaft für das Thema verkennt. Wohl eher kämpft sie mit sich selbst, weil dein Wunsch den ihren überlagert, nicht wissend, dass eure Träume von ähnlicher Natur sind – nämlich sich zu verwirklichen. Dabei stellt sie sich deine Zukunft vor, wie Eltern das gewöhnlich tun, und platziert ihre eigenen Ängste in ihr. Auch das tun Eltern für gewöhnlich: sie versuchen die Richtung ihrer Kinder einzugrenzen, mitzubestimmen, um ihre eigenen Befürchtungen zu kompensieren. Das macht es für deine Mutter so schwer. Weil sie sich um dich sorgt.«

»Sie tut das, weil sie sich um mich sorgt, ich weiß. Aber das ist keine Unterstützung für mich. Ich habe diesen wirklich schönen Traum, den sie gleich in dem Moment attackierte, als ich ihn ihr zum ersten Mal mitteilte …« Ellie schüttelt den Kopf »Ach, was solls. Sie meint es nur gut.«

»Lass dich nicht von deinen Träumen abbringen, hörst du? Nicht von deiner Mutter, deinem Vater, deinen Lehrern oder unserer Gesellschaft.«

»Die Gesellschaft!«, ruft Ellie.

»Die Gesellschaft«, lacht Werner.

Nach einer Weile kehrt Ruhe ein, da ist das Puzzle, da ist Ellie, Werner, in seinen Körper gekehrt, das Flackern des Kamins. Umgeben von der Unschärfe der Objekte und Farben zu beiden Seiten, beobachtet Werner seine Enkelin, wie sie das letzte Viertel des Puzzles zusammensteckt. In einem morschen Tunnel aus Zeit, verbunden mit Erinnerungen aus der Vergangenheit und am dünnen Faden seiner Zukunft. Mehr als zehn Jahre sind vergangen, seit das erste Puzzle begonnen wurde. Ellie war aufgeweckt, sie leuchtete nahezu vor Neugier, Tatendrang und klugen Einfällen, die, wie jeder Großvater, jede Großmutter, jeder Vater und jede Mutter dieser Welt sagen würde, für das Kind in diesem Alter einzigartig waren. Natürlich riss sie auch mal ein Puzzle herunter oder widmete sich drei verschiedenen Dingen in drei Minuten nacheinander, während der Opa versuchte, all den Sehnsüchten, Wünschen und Träumen seiner Enkeltochter hinterherzukommen. Jedoch gelang es ihm, Freude daraus zu schöpfen, es war, als würde er aus dem Kraftakt selbst Kraft ziehen. Deshalb konnte er Ellie am Freitagabend in Empfang nehmen, sie unterhalten, mit ihr zusammen spielen, ihr Samstagmorgen das Omelett auf dem selbstgebackenen Brot, zu Mittag die selbstgemachten Reibekuchen, zu Abend selbstgestampfte Stampfkartoffeln zaubern und zwischendrin dem Entdeckergeist eines wachen und wachsenden Kindes in den vier Wänden und den vier Himmelsrichtungen, zum Süden hin der Berg, zum Norden hin das Tal, zum Westen hin die Farm, zu Osten hin der Fluss, Genüge tun. Was für ein großer Spaß!

Dann verging ein Jahrzehnt und Ellie besuchte ihn nur noch in Abständen. Er sah es kommen, es war ein Muster, das sich wiederholte: Wird ein Familienmitglied älter, bekam Werner es seltener, oder nie mehr, zu sehen. Sein Kind, das in die Stadt zog. Seine Frau, die starb. Seine einzige Enkeltochter, die mit jedem Jahr, das sie dazugewann, sich weiter von ihm entfernte. Ob dies ein bewusster Schritt war, entglitt Werner beizeiten, doch dann besann er sich, nein, es war natürlich. Dennoch, die physische und sichtbare Zeit gemeinsam verbrachter Tage lässt nach in den Jahren, in denen ein Mensch zur Volljährigkeit schreitet, bis zu dem Moment spät nach der Mitte des Lebens, wenn sich der Mensch aus einer tiefen Unzufriedenheit heraus überreflektiert und plötzlich merkt, da ist der Vater und er lebt, geht es ihm gut, habe ich überhaupt hingehört und verstanden, was er mir bei unserem letzten Telefonat erzählt hat? Für Sabine war die Sache eindeutig, sie erkannte den Fehler, den sie begangene hatte, als ihre Mutter starb, und wollte diesen auf keinen Fall wiederholen. Sie bekam eine zweite Chance und fühlte das Leid jener, die ihre einzige Chance verpasst hatten: Die alten Eltern, dahingestorben, ehe ich bewusst Zeit mit ihnen verbringen konnte!

Was geschieht nur in dieser Zeit? Spielt sich das Leben ein, hört das Träumen auf? In Zeitlupe bastelt Ellie an den letzten leeren Flächen herum, bald hat sie das Puzzle vollendet. Ihr schwarzes Haar ist zu einem Zopf verwoben, das Kaminlicht spielt Schatten hinein. Welch eine Ironie – gleich ist das Puzzle beendet, ihre Vision wird erscheinen, als real gewordener Traum. Sie wird ihre Zukunft einschlagen. Und Werner, in ihm brodelt es, der Tumor schlägt seine Haken und sticht in Regionen seiner Brust, wo er bisher nur selten Schmerzen spürte, seine Vision lebt sich aus, sie sucht ihren Punkt. In seinem weißen Haar ist kein Schatten mehr, nichts, das es noch zu entdecken gäbe.

Ist es das letzte Puzzle? Das letzte Mal Ellie beobachten, ihr jugendliches Gesicht, diesen unendlichen Eifer, diese unendliche Aufgewecktheit, diesen unendlichen Mut, diese unendliche Verletzlichkeit, dieses unendliche Suchen und Entdecken, alles hat eine Zukunft, ihr Suchen, ihre Gefühle, ihre Neugierde, ihre Lust auf die Welt. Das letzte Mal träumen.

Eine vage Taubheit erfüllt seine Lider, sie werden schwer und prallen aufeinander. Ein Ruck geht durch ihn hindurch. Ellie springt auf, Opa?, fragt sie, Opa?, wiederholt sie. Sie weiß nicht, ist er eingeschlafen, ist er ohnmächtig? Ein kleiner, weißer Spalt zeigt sich unter dem linken Lid. Mama!, wo bist du?, ich bin schon in der Einfahrt, sagt sie am Handy, und lange Sekunden vergehen vom Motorengeräusch bis zu Sabines sorgenvollem Eintreten, und für ihre Pflege gibt es keine Worte, Angst, Sorge und Liebe auf einmal, Großvaters Lehne zurück, den Notarzt gerufen, das Duftkästchen mit dem Pfefferminz unter die Nase, vielleicht erinnert es ihn an seine pfefferminzverliebte Elisabeth und holt ihn zurück ins Bewusstsein, was sie tut, ist bedacht und hilflos zugleich, ihre Maßnahmen aus dem Pflegehandbuch, das Übrige im Angesicht des Notfalls erdacht.

Und erhofft. Sie hofft. Sie beide hoffen.

VII. Zeit zum Altwerden

Kurz bevor der Notarzt eintrifft, kommt Werner wieder zu sich. Sabine sagt, das sei nicht das erste Mal gewesen, das stimmt, und sie richtet sich an Ellie als sie sagt, sei unbesorgt. Sie lügt.

Ein Restzittern begleitet Ellie in den Minuten, als Werner von den Notärzten untersucht wird. Sie sagen, er solle zur weiteren Beobachtung mitkommen, Werner sagt nein, das komme nicht in Frage. Es ist Ihre Entscheidung, sagen sie und auch Sabines Appell, dass es besser sei, ins Krankenhaus zu gehen, schlägt fehl. Diese Sturheit, sie hat es genauso in sich, von ihrem Vater auf sie abgefärbt, daher versteht sie es. Aber es geht hier um Leben und Tod und ist ein solches Verständnis dann nicht fahrlässig? Doch keine Chance, Werner bleibt hier. Seine Augen sind wieder wach, seine Energie, mit der er den Augenpaaren entgegentritt, wieder hochgefahren. Fast wirkt er, als hätte er in dieser nur einige Minuten dauernden Lebenspause in den Schränken seines Unterbewusstseins gewühlt, wo ist nur meine Kraft hin, irgendwo muss sie doch sein, aha, hier ist sie, und dann war Werner wieder bei sich.

Beim Abendbrot scheint Werners Ohnmacht schon in weite Ferne gerückt. Er weigerte sich, schlafen zu gehen, er sei nicht müde, sagte er. Also essen sie zusammen. Sabine hat das Dinkelvollkornbrot vom Bäcker mitgebracht, darauf ein paar Käsescheiben, und für Ellie die veganen Mandelscheiben. Die Kruste blättert, zerbröselt in den Mündern. Sie wollen reden, über den Trick, den Ellie auf dem Skateboard gelandet hat, über die E-Mail, die Sabine von einer besorgten Arbeitskollegin erhalten hat, weil der Neue, der ihre Position eingenommen hat, ihr das Leben schwermacht, über das Wetter nächste Woche und die Reise in den Sommerferien, Ellie will nach Thailand, ihre Eltern an die Ostsee, Strand, Wasserfälle und Lagunen gegen kühle Luft am Brackwasser-Meer.

Sie versuchen es, als eine Art Ablenkungsmanöver. Aber sie kommen nicht gegen das eben Erlebte an, seine Präsenz ist zu groß, nimmt zu viel Raum ein. Werners Blick hebt und senkt sich, wie Sternschnuppen, die aufleuchten und dann im bedrückenden Nichts verschwinden. So, wie er mithört, nichts dazu sagt, nur optisch anwesend ist, könnte man meinen, er befinde sich zwischen zwei Welten, und gewissermaßen stimmt das, er wird ins Nichts gezogen, doch sein Bewusstsein hält sich tapfer.

»Ich bin alt«, unterbricht Werner. »Ich atme nicht mehr wie früher. Ich krächze wie eine Krähe, kann so schlecht sehen, mich kaum bewegen, wie vom Jäger angeschossen und halb verblutet zurückgelassen.«

Sabine schluckt. »Ach, Paps. Jetzt sei nicht so. Du hast deine Fantasie. Und uns.«

»Ja«, sagt er, dankbar und verletzt, es stimmt, mehr hat er nicht mehr.

Dreiundachtzig Jahre sind vergangen, eben noch war er ein Säugling, eben noch ein Kind, ein Jugendlicher, ein Erwachsener, ein Rentner, ein Sterbender. Es geht alles so schnell vorbei, das Altwerden ist wie eine Abdankung, eben noch standest du auf der Bühne und da liegst du nun, am Abend in deinem Bett, atmest schwer, der Rücken schmerzt; als verlebte Summe von Vergangenheit.

Könnte er das von sich geben? Werner ringt nach den richtigen Worten. Er wird doch jetzt nicht sarkastisch, seiner eigenen Philosophie abtrünnig! Das haben seine Tochter und seine Enkeltochter nicht verdient, Ellie war doch gerade auf dem Weg, die Zeit zu verstehen. Mach das jetzt nicht kaputt, sagt seine innere Stimme, wenn ich jetzt vor der Zeit kapituliere, wird Ellie alles vergessen und es als Wahnsinn abtun. Findet er etwas Positives? Ein Licht, irgendwo in diesen dunklen Gedanken?

Ihm gelingt ein Lächeln, ein guter Anfang, es ist das schwerste Lächeln seit Langem. Direkt unter den dicken Falten, dieser vom Alter gezeichneten Haut, zeigt sich die Gegenwart. Wenn etwas die Kraft besitzt abzulenken, dann ist es ein Lächeln. Ellie und Sabine schauen auf.

»Ich bin ein alter Mann. Das sieht man mir an, das sehe ich mir an, wir brauchen das nicht zu kaschieren. Wenn man so will, bin ich ein immer noch lebender Beweis, dass Zeit fließt, in Strömungen, die sich in die Haut eingravieren. Sie macht aus der Babyhaut im Verlauf vieler Jahre eine faltige, vernarbte, durchquerte und kaschierte Haut. Meine Haut ist die Zeit. Ich trage sie mit der Gesamtheit meiner Erinnerungen, die alle ihre eigene Zeit gehabt haben, mal war da was Neues, zu dem hin ich eine Schwelle übertrat, mal machte mich die Zeit zum Lieben vollkommen, mal träumte ich, mal handelte ich, es ist so viel passiert. Ist das nicht schön? Ihr könnt an den Falten ablesen, dass ich viel erlebt habe. Dass ich … ein Leben hatte.«

»Und immer noch hast«, sagt Ellie leise.

»Ja, mehr oder weniger«, lacht er, lacht er? »Als ich in deinem Alter war, habe ich in alten Menschen etwas Verlebtes gesehen. Ich habe nichts Schönes sehen können. Sie wirkten gebrechlich, sie hatten diese stumme Unzufriedenheit in ihren Augen, ich weiß nicht, ob ich einen alten Menschen jemals in der Öffentlichkeit habe lachen sehen, es schien, als nähmen sie das zu Ende Gehende einfach hin. Dabei hatten die meisten noch so viele Jahre vor sich! Das dachte ich und ich hasste mich dafür. Einmal, als Kind, da bin ich zu einem alten Mann am Kirchturm hingelaufen, ich hatte gespielt, mich völlig verausgabt und der Mann stand schon seit einer Stunde da, er tat nichts, keiner kam, er lehnte an der Wand, rauchte und schaute in die Gegend, mit diesem leeren Blick. Also ging ich hin, es brannte in mir diese Frage, was er da tat, und vielleicht, woran er dachte.«

»Was hat er gesagt?«

»Er sagte: Ich warte auf meine Frau. Sie ist beim Zahnarzt. Das Wartezimmer ist bestimmt wieder so brechend voll.«

»Und dann?«

»Bin ich weggerannt. Seine Antwort war dermaßen banal, dass ich es direkt akzeptierte. Erst später, Mitte zwanzig, ist mir diese Szene wieder eingefallen, als ich in dieselben alten Gesichter schaute, kurz bevor ich mit Elisabeth nach Kanada ging. Sie waren gefüllt mit vielen Jahren der Arbeit, mit Trostlosigkeit, sie waren starr und leblos. Beim Einkaufen auf dem Markt sagten sie ihre Texte auf, sie betonten kein Wort, sie nahmen die Tasche und gingen.«

»Hm, vielleicht wirkten sie nur so. Vielleicht sah es in ihrem Inneren anders aus«, sagt Sabine, aus Angst, das Gespräch könnte in eine anmaßende Richtung gehen. Aber darauf war Werner nicht aus.

»Das ist in manch einem Fall richtig. Beim Älterwerden ändert sich zunächst einmal nur die äußere Erscheinung. Wenn ein alternder Mensch das Glück hat, seinen Verstand weiterhin ungebremst nutzen zu können bis ins hohe Alter hinein, dann verschiebt sich sein Leuchten nur, von der Haut, die in Falten liegt, den Mundwinkeln, die schwer geworden sind, den Körperregionen, die plötzlich anfangen zu schmerzen, ins Innere. Und damit kann weiterhin alles gedacht, fantasiert, reflektiert und akzeptiert werden.«

»Aber warum hast du dann geglaubt, dass den alten Menschen ihre Lebensfreude genommen wurde? Denn so klingt es, als hätten sie keine Freude mehr daran gehabt, am Leben zu sein.«

»Das war meine junge Perspektive, ich war ein Energiebündel. Ich rannte, rief, lachte laut und herzlich. Ich habe nicht verstanden, warum das eines Tages nicht mehr so sein sollte. Also sah ich sie wie Karikaturen, grummelnd, mechanisch. Vielleicht auch, weil ich Angst hatte. Immerhin wusste ich, das Alter wird auch vor mir nicht halt machen, und würde ich dann auch so jemand werden, mit Krückstock, mit rot unterlaufenen Augen, ein grummelndes Wesen, das in seinem Körper festsitzt? Wenn du jung bist, und voller Energie, dann ist das eine beängstigende Vorstellung.«

»Hat sich das bewahrheitet? Sitzt du fest?«

»Nun, es wäre gelogen zu verheimlichen, dass ich mir wünsche, der Körper wäre auf demselben Niveau wie der Verstand, immer noch bereit, überall hinzugehen, wohin ich gehen möchte. Das Altern des Körpers zu verweigern wäre jedoch, wie einen Baum anzuflehen, seine Blätter im Herbst nicht zu verlieren. Dass mit jedem Jahrzehnt auch eine Verlustwirkung eintritt, plötzlich sehen die Augen nicht mehr so gut wie früher, der Rücken krümmt sich – das Knie! –, ist unaufhaltsam. Unser Körper altert. Doch jegliches Verweigern mündet letzten Endes nur in Selbstmitleid, ich bin alt und gebrechlich, ich habe nichts mehr zu bieten.«

Und weiter, Werner ist jetzt nicht mehr aufzuhalten. »Sich der Zeit zu verweigern ist also eine Sackgasse. Aber eine, in die viele älter werdende Menschen ungebremst hineinschlittern aus Angst, ihre wesentlichen körperlichen Fähigkeiten, laufen, knien, stehen, bücken, zu verlieren. Angst kommt dem Verlust zuvor und was wir nicht wissen, ist, dass Angst den Verlust beschleunigt. Wir verlieren unsere Lebensfreude. Weil uns der Körper scheinbar im Stich lässt und damit unsere Träume zerstört. Ich wollte doch noch nach Norwegen! Nach Südafrika! Nach Indien! Jetzt schmerzt schon das Gassigehen mit dem Hund. Da spielt vieles mit rein, was junge Menschen oftmals vergessen, sie sehen nur das Geknickte, jemanden, der aufgegeben hat.«

»Also, ja, manchmal kann dieser Eindruck ganz unabsichtlich entstehen, aber wenn ich ehrlich bin, ich finde es sehr herzergreifend, alte Menschen zu beobachten. Wie sie sich an ihren gewohnten Platz im Bus setzen oder dich darum bitten, den Rucksack vom Sitz zu nehmen, damit sie sich neben dich setzen können, obwohl der halbe Bus leer ist. Wenn ich ein älteres Ehepaar sehe, die nebeneinanderstehend in ein Schaufenster schauen, die Nase fast an das Glas gedrückt. Oder eine Großmutter in der Stadt, mit dieser riesigen Einkaufstasche, um das gewohnte Festmahl für die Familie zuzubereiten und allen ein kleines Geschenk zu machen. Das berührt mich immer sehr.«

»Wie ein Dankeschön, dass die Familie mal wieder zu Besuch kommt«, sagt Sabine.

»Das ist schön, dass ihr so denkt. Das Wichtigste ist, diesem Menschen, der offensichtlich schon ganz viele Jahre miterleben durfte, mit Respekt zu begegnen. Wie es auch für Kinder schädlich ist, sie wie etwas Unentwickeltes zu behandeln, kann es für ältere Menschen schwer sein, ständig als die Alten gesehen und behandelt zu werden. Denn wir alten Menschen sind nicht die Hülle, die wir mit uns herumtragen müssen. Wir sind viel mehr als das.«

»Jemandem auf Augenhöhe begegnen«, sagt Sabine. Und wie ist es mit Erwachsenen, sie leben zwischen alt und jung, wie begegnet man ihnen auf Augenhöhe? Respekt ist die Grundlage jeder Augenhöhe, aber Erwachsenen mittleren Alters wird auch oft Autorität zugeschrieben. Ein Begriff, den Sabine verabscheut. Sie hat sich stets gegen Autoritäten gestellt und diese Eigenschaft ganz offensichtlich an Ellie vererbt. Sie glaubt, Augenhöhe und Autorität schließen einander aus, Autorität geschieht, wenn das Alter den Sachverhalt überschattet, wenn es bewusst ausgenutzt wird, um eine jüngere oder deutlich ältere Person durch seine im Erwachsenenalter vermeintlich größere Verstandesleistung herunterzuspielen, einzuschüchtern. Erfahrung sollte zwar nicht gänzlich verworfen, aber eher als etwas behandelt werden, das in dezentem Maße unterstützen, auf das zurückgegriffen werden kann. Demnach lautet die Frage wohl eher: Wie begegne ich, als Erwachsener, nicht gleichaltrigen Menschen auf Augenhöhe?

»Wie wir wissen, und erfahren, können ältere Menschen trotz ihrer Akzeptanz des körperlichen Verfalls, bei vollem Verstand, mürrisch wirken, störrisch, in sich gekehrt und abschottend. Das ist der Fall, so glaube ich«, sagt Werner und macht eine kurze Pause, um tief ein- und auszuatmen, »wenn zu viel akzeptiert wurde.«

»Zu viel akzeptiert? Ich dachte, darum geht es, dass wir akzeptieren müssen, was geschieht.«

»Daran halte ich fest. Akzeptanz ist der Grundpfeiler eines ausgeglichenen Lebens. Im Alter aber kann zu viel Akzeptanz bedeuten, dass nichts Neues gesehen wird.

Dass jedes kleine und große Wunder übersehen wird und in nichts mehr ein Wert gelegt wird. Alles liegt im Halbdunkel, der Versuch, das Grau mit Farben zu füllen, ist zu einer dauerhaften Nüchternheit verwachsen. Und hierbei spreche ich nicht von der Akzeptanz der schönen Dinge, das ist es ja, das Schöne wird weiterhin registriert, kann aber nicht mehr mit Schönheit bedacht werden, es löst keine Euphorie mehr aus, weil sie von einer anderen Akzeptanz überschattet wird – der Akzeptanz des Missfallenen. Wie eine zweite Haut, die sich über die Persönlichkeit gelegt hat, kann die Summe der Dinge, die dir missfallen, die dich verärgern, ein täglich sich einstellender Auslöser für die Ablehnung unserer Welt sein. Ich habe es selbst erlebt, war oft nah dran, hatte einiger solcher Freundschaften. Irgendwann begannen sie, sich immer und immer wieder über dieses eine Thema auszulassen, ich sagte schon längst, lass gut sein nun, aber sie konnten nicht, waren dem Missfallenen verfallen, dem oftmals eine Beobachtung zugrunde liegt, nicht nur die im Spiegelbild, sondern im alltäglichen Leben, das ihnen anscheinend entglitt, das nicht mehr für sie gemacht war, das sie nicht mehr verstanden. Plötzlich ist das Missfallende allgegenwärtig, in der Tageszeitung nur dieses eine Thema, beim Fernsehschauen nur dieses eine Thema, sie können davon nicht ablassen, für sie ist die Welt zu einem schlechten Ort geworden.«

»Warum? Wie kommt das?«

»Durch den Tod, unter anderem. Ein fortgeschrittenes Leben hat den Tod erlebt und, ebenso schwerwiegend, es sieht den Tod kommen. Keiner weiß, was der Tod für Auswirkungen hat. Aber anzunehmen, dass er keine Auswirkungen hat, wäre naiv, ja lebensfern. Im Altern zeigt sich unsere eigene Vergänglichkeit, wir bekommen mit, wie der

Nachbar gestorben ist, Herr Krüger aus der Lilienstraße, Frau Nowak aus der Auenstraße, erste Anzeichen, dass das Leben endlich ist, denn obwohl wir es in den Medien tagtäglich sehen, sehen wir nichts, der Tod bleibt abstrakt. Doch dann kommt der Tod näher, erst sind es Menschen in derselben Stadt, man hat sie beim Bäcker gesehen, im Supermarkt, im Park mit den Enkelkindern, und dann ist es der eigene Vater, die eigene Mutter und auch, in einem noch tragischeren Fall, weil es dem Lauf der Zeit widerspricht, ein Mensch, der das dafür vorgesehene Alter noch nicht erreicht hat oder jemand, der erst nach dir sterben sollte. Dies ist natürlich ein egoistischer Gedanke, damit erhofft man sich, der Rolle des Trauernden entgehen zu können, stattdessen das Leid an die Übriggebliebenen abzugeben. So oder so, plötzlich ist der Tod da und er trifft uns unvorbereitet. Weil es keine Vorbereitung auf den Tod gibt.«

»Es ist nicht fair, allen alten Menschen vorzuwerfen, dass der Tod sie mürrisch gemacht hat und dass sie keine Lebensfreude mehr spüren«, sagt Ellie trotzig. Worauf will Werner hinaus?

»Wohl wahr. Was ich meine, ist, mit dem Tod kommt die Trauer und die Trauer ist eine uns auferlegte Methode, eine nüchterne Sicht auf die Welt einzunehmen. In der Kindheit ist das Leben unendlich, man begegnet der Welt mit unerschöpflicher Neugier und Lebenslust, weil der Tod noch nicht begriffen wird und ein Kind sich nicht mit ihm auseinandersetzen sollte. Im Alter legt der Tod uns ein Gemüt auf, das in vielen Fällen zu viel Raum im Bewusstsein einnimmt, um ihn im Alltag zu verdrängen. Und hier geschieht das eigentlich Paradoxe, denn obwohl ich sage, Akzeptanz ist die Grundlage, um Veränderungen mit einem optimistischen Blick in die Zukunft zu begegnen, kann die Akzeptanz aller Tode zu einem allgegenwärtigen Vergänglichkeitsbewusstsein führen, kein solches, das uns Lust auf das Leben macht, sondern uns die Lebensfreude nimmt. Manch einen geleitet das ins Graue, ins stetig Halbdunkle, weil es ein Gedanke ist, der unsere eigentlich so kostbare Existenz ins Banale zieht: Wir sind, bald sind wir nicht mehr.«

»Es wäre sehr traurig, zu wissen, dass ich in hohem Alter davon so sehr beeinflusst werde.« Oder anders gesagt, dass eine allgegenwärtige Nüchternheit kommen kann, je mehr der Tod vom Abstrakten in die Realität geholt wird, eine solche, mit der wir irgendwie leben müssen, weil sie uns unmittelbar betrifft.

»Wie können wir das verhindern? Lange Jahre meines Lebens habe ich mich das gefragt«, sagt Werner in Erinnerung an die verstorbenen Eltern, Freunde, an Elisabeth und an die Alten, mit denen er sich im Dorf umgibt, von denen er häufig glaubt sich entfernen zu müssen, weil sie reden und reden und ihr Reden mit einer solch nüchternen Betrachtung auf die Welt geschieht, dass es schmerzt. Sie sagen, Werner, mein Guter, trink noch ein Bier und vergiss, dass du bald sterben wirst, es macht ja sowieso keinen Unterschied. »Da bin ich aber anderer Meinung!«

Verwirrt schauen sich Ellie und ihre Mutter an. »Wobei bist du anderer Meinung?«

»Oh, ich habe nur an etwas gedacht und nicht gemerkt, dass ich es nicht ausgesprochen habe. Wisst ihr, dass der Körper altert und uns in unserer Beweglichkeit einschränkt, das ist die eine Sache und die können wir akzeptieren, mit all den Hürden, die wir tagtäglich überwinden müssen, wenn etwas mal wieder schmerzt, wenn wir mal wieder zum Arzt müssen, wenn es für die Außenwelt so offensichtlich ist, dass hier ein alter Mensch steht. Nun, ich kann nur sagen, ich muss es ertragen, muss es über mich ergehen lassen. Es gibt keine Alternative. Ich kann nur versuchen, mit einer Prise Humor dem teilweise Unerträglichen zu begegnen. Mir hat das oft geholfen. Wenn ich über mich selbst lache, Scherze darüber mache, wie kaputt das Knie doch ist, und zu den Kindern sage, ich bin ein Pirat, ich ziehe Grimassen, halte den Rücken so, wie es in den Kinderserien geschieht, und sie wissen nicht, dass mein Rücken tatsächlich schmerzt. Ich schaue in den Spiegel und begegne meiner alten Haut mit Humor, und natürlich, da gibts Tage, da sage ich zu mir selbst, oh, siehst du furchtbar aus, Pardon, aber das ist die Wahrheit, und dann gibt es Tage, da reiße ich einen Scherz und vergleiche mich mit dem von Botox zermürbtem Gesicht alter Schauspieler, die die Zeit aufzuhalten versuchen und es dadurch nur schlimmer machen. Immerhin bin ich echt, ist jede Falte echt, jedes Merkmal, das die Zeit in meine Haut gebrannt hat, ist echt, ich habe gelebt, vieles erlebt, ein Menschenleben steckt darin. Wie viel ist das wert?«, fragt Werner und ruft: »Ein Menschenleben!«

»Ja!«, sagen Mutter und Tochter gleichzeitig.

»Andererseits, und das ist der noch größere Kampf, ist die Zeit zum Altern auch mit dem Tod verbunden, der für uns selbst näher rückt und den wir scheinbar willkürlich miterleben. Der Mensch, der uns nahestand und jetzt fort ist. Im Grunde ist das tatsächlich banal, weil es etwas ist, das sich in jedem Menschenleben ereignet, womit jeder Mensch auf diesem Planeten in Berührung kommt, aber sobald wir anfangen, mit dieser Banalität unser Leben zu betrachten und uns damit vor der Schönheit des Lebens versiegeln, erreichen wir den Tod schneller, als uns bewusst ist. Der Tod lauert in allen Dingen, sobald wir aufhören, unsere Zukunft zu sehen. Wir müssen, egal in welchem Alter wir sind, ob wir im Teenageralter sind, Ellie, im Erwachsenenalter, Sabine, oder in dem Alter, für das es keinen Namen gibt, als wäre es in sich schon abgeschlossen, wir müssen stets die Zukunft sehen! Da ist so viel, das noch folgen wird. Im Teenageralter kommt der Schulabschluss, darauf freust du dich, und wenn du dich auf etwas freust, siehst du deine eigene Zukunft; im Erwachsenenalter besteht die Zukunft aus dem Schöpfen einer unendlichen Reflexion, da sind die Bücher, denen ich mich widmen kann, das neue Hobby, ob auf dem Golfplatz oder im Museum, die eigenen vier Wände oder wenn die eigenen Kinder zu Eltern werden; und je weiter das Alter fortschreitet, desto kleiner werden die Dinge, scheinbar unbedeutender, doch gerade dadurch bedeutender – der Besuch der Enkeltochter, der Gaumenschmaus, den die Tochter herbeizaubert, weil man selbst nicht mehr die Kraft aufbringen kann, Stunden in der Küche zu stehen, das Licht im Februar, wenn die Holzbank auf der Veranda einen eigenartigen, zwischen Glanz und Matt schimmernden Ton erhält, und der Blick auf die Berge, die von einer ebenso eigentümlichen Eleganz umgeben sind: Hier sitze ich und schaue mir diese Landschaft an, ist das nicht schön? Es muss ein Wunder sein. Ein großes Wunder.«

Da bricht Sabine in Tränen aus. Sie fängt an, hemmungslos zu weinen, sie kann es nicht kontrollieren, nicht aufhalten. »Es wäre ein Wunder, dich hierbehalten zu dürfen. Für immer.«

»Es ist okay, Liebes. Ich werde die Erinnerung sein, mit der ihr spazieren gehen könnt. Ihr könnt darüber lachen, wie ich stets die Kaffeetasse vom Tisch gestoßen habe, Puzzleteile nicht wiederfand, irgendwann stets zwei verschiedene paar Schuhe trug, weil sie so ähnlich aussahen, ich war immer so ein Tollpatsch. Ihr könnt in Herzlichkeit verfallen, wenn ihr euch an Momente wie diesen erinnert, wir drei, das Kaminfeuer, die schwarze Nacht draußen, ein ewiger Moment, in dem wir uns sehen und hören können. In viele Jahre wird dieser Moment hineingetragen, das Sehen und Hören wird in der Erinnerung durchgespielt werden, das macht den Moment wieder lebendig und damit mich, der euch von einem Ort aus dabei beobachtet, den ihr in euch tragt. Ihr könnt weinen, wenn ihr euch erinnert, es ist die Wertschätzung für ein Menschenleben, das die Zeit eures Lebens mitgestaltet hat, das mit und für euch gelebt hat. Ihr könnt leben, wenn ein anderes Leben aufhört. Ihr dürft euch dafür nicht schuldig fühlen. Es ist mein Wunsch, dass ihr lebt, frei von unerträglicher Trauer, erfüllt von Liebe für die Zeit, die wir zusammen verbracht haben. Seht stets eine Zukunft, erblickt die Schönheit des Lebens, mit mir als Erinnerung, die euch begleiten wird. Für immer.«

Auf den schwarzen Bergen liegt die Nacht. Eine dichte Kälte umschwebt die großen Fenster des Hauses. Das Knistern im Wohnzimmer erstirbt, Sabine stützt ihren Vater, drück dich hoch, jetzt die Beine, zudecken, wie geht es dir, es geht schon, Danke, Liebes, Danke, Paps, für alles, was du sagst, Gute Nacht. Ellie hat die Wohnzimmercouch ausgezogen, drei Kissen sorgfältig aufgereiht und die Kuscheldecke hervorgeholt, die große, unter der sie sich als Kind versteckt hat, aus der sie Höhlen gebaut hat, ein Ende an den Küchentisch befestigt, das andere an der Schräge, dem Holzbalken über der Nähmaschine in der

Ecke. Die Decke, einmal seidig rot, ist nun von unzähligen Nächten, unzähligen Höhlen und unzähligen kalten Wintertagen blass verfärbt, aber immer noch wohlig warm. Ellies Blick an die Decke, wie so oft in letzter Zeit, doch irgendwas ist anders. Das Unsichtbare, von dem sie sich heruntergedrückt gefühlt hat, ist etwas anderem gewichen, einer Einsicht wohl oder einem Gefühl von Dankbarkeit. Werner ist so ein toller Opa. Das Alter hat ihn nicht zermürbt, er hat das Gute in sich behalten und er teilt es mit uns. Opa ist das Gute in uns. So wie Oma einmal das Gute war, in einer anderen Zeit. Diese Harmonie. Werners Lehre, das Altern mit einem Blick zu begegnen, der in kleinen Dingen Schönheit sieht und weiterhin eine Zukunft. Ellie zieht ihr Notizbuch noch mal hervor: *Ich werde niemals die Zukunft aus den Augen verlieren. In der Zukunft liegt Schönheit, ich werde sie immer sehen, ich werde mich immer darauf freuen. Egal wie alt ich bin, egal was ich erleben werde, egal wie es meinem Körper gehen wird. Ich werde meine Zukunft sehen. Ich werde Opas Worte sehen.*

Das schreibt sie auf, drückt die Taschenlampe aus und legt das Notizbuch weg. Die Decke bis zum Kinn. Die Arme eng um das Kopfkissen geschlungen.

VIII. Zeit für Empathie

»Ich habe ein kleines Rätsel für dich. Wie … was würdest du sagen … wie fühle ich mich?«

Ellie steht wieder im Schlafzimmer ihres Großvaters, er ist wach, schaut mit müden Augen in das energiegeladene Gesicht seiner Enkeltochter, in ihre aufgeweckten Augen. Noch ist der Himmel nicht mit Sonnenlicht gefüllt, es ist früh, sieben Uhr dreißig. Aber Ellie konnte nicht mehr schlafen, sie wollte ihren Opa sehen, der, wenn es hochkommt, zwei oder drei Stunden geschlafen hat und bereits stundenlang in Gedanken verharrt. Da ist seine eigene Zukunft und die Schwierigkeit, die noch am Vortag mit Nachdruck hervorgehobene Schönheit zu empfinden, wenn er ans Zukünftige denkt. Da ist das Mittagessen, auf das er sich freut. Da ist seine Tochter, die er leiden sieht. Seine Enkelin, der er hoffentlich all seine Gedanken mitteilen kann, in einer Art und Weise, die Sinn macht, denn zu einhundert Prozent ist er sich natürlich auch nicht sicher, wie *richtig* seine Gedanken sind. Da ist der Schmerz in den Knochen, die Erscheinungen des Tumors, der ihn am liebsten niemals mehr aufstehen lassen möchte, einfach liegen bleiben, so lässt es sich ertragen. Gedanken, die wie Kometen umherschießen und einen flammenden Schweif weiterer Gedanken hinterlassen. Ob Ellie irgendetwas davon weiß?

»Wie meinst du das?«

»Was glaubst du, wie ich mich an diesem Morgen, jetzt nach dem Wachwerden – und ich habe sehr schlecht geschlafen – fühle?«

»Hm. Ich weiß es nicht.«

Werner grummelt. Unter den Augen bläuliche Schatten, die Zeugen vorausgegangener Wochen, in denen er sich glücklich schätzen konnte, dem Tiefschlaf ein paar Stunden am Stück verfallen zu sein. Seine Falten leicht angeschwollen, vielleicht aber sieht es nur so aus. In dem bläulichen Licht des Zimmers sticht seine Blässe hervor. Das braunweiße Haar.

»Ich würde lügen, wenn ich sagen würde, dass es mir gut geht. Dass ich fit bin. Bereit, aufzustehen. Sieht man es mir nicht an?«

»Nun, schon, irgendwie. Aber das spielt doch keine Rolle, ob man dir deine Verfassung ansieht oder nicht.«

»Nein, das spielt keine Rolle. Und doch spielt es eine Rolle, wie du damit umgehst. Wie du mich siehst. Was du dir dabei denkst. Was du aus diesen Gedanken machst. Also los – was geht in dir vor?«

»Soll ich ganz ehrlich sein?«

»Darum geht es.«

»Ich habe viel Mitleid mit dir. Und es tut weh, dich so zu sehen. Natürlich, es ist unübersehbar, dass … es dir heute schwerfällt.«

»Mitleid«, sagt Werner, er rümpft die Nase, »es schnellt in uns hervor, wenn wir glauben, dass jemand an einer für beide offensichtlichen Sache verzweifelt. Völlig unwissend, ob das der Wahrheit entspricht, ob die Person tatsächlich daran verzweifelt. In den meisten Fällen ist Mitleid gar nicht gewollt, so auch unter uns: Ja, ich tue mich schwer, ja, das Alter hat sich in meinen Körper gebrannt. Aber mit Mitleid wollen wir keine Zeit verschwenden.«

»Aber ich sollte doch ehrlich sein«, sagt Ellie, aus einer Quelle der Konfrontation sprechend, die sie an ihren Vater denken lässt, »und ich habe Mitleid. Ich bin traurig und glaube, dass du auch traurig bist.«

»Du hast ja recht, entschuldige«, Werner räuspert sich und rümpft erneut die Nase, er atmet einmal, zweimal tief durch, ahhhh, es ist kalt im Raum, das Fenster ist von kristallinen Eisflocken umrahmt. »Ich bin am Ende meines Lebens angekommen. Das wissen wir, das sehen wir, das denken wir beide. Aber möchte ich dafür dein Mitleid? Nein, das ist nicht der Grund, weshalb ich dich gefragt habe. Trotzdem schätze ich es, dass du es fühlst. Mitleid ist immer auch Liebe.«

»Was ist dann der Grund? Ich will jedenfalls nicht daran denken, dass ...« Ellies Stimme versagt.

»Glaube mir, ich auch nicht. Und doch geht es nicht anders. Dass der Tag kommen wird, ist allgegenwärtig, das Bewusstsein hierfür nimmt uns ein, es füllt alle Räume mit diesem beständigen Gedanken. Insbesondere am Morgen, wenn ich aus der Starre erwache und mich erschlagen fühle, wie in Stücke gerissen, und ich einige Minuten brauche, um mich zu sammeln. Im hohen Alter ist dieser Prozess unweigerlich schwieriger, jeden Morgen flicke ich mich erneut zusammen und versuche, mich durch den Blick in die Zukunft auf etwas zu freuen, das mir dabei hilft, die Energie für den Tag aufzubringen.«

»Hm.«

»Es ist meine persönliche Erfahrung, Ellie. Jeder Mensch, in jeder Phase seines Lebens, erlebt den Morgen unterschiedlich, ob im hohen Alter, im mittleren Alter oder als Kind, in guten Zeiten, in eher schwierigen Zeiten. Der Morgen ist der früheste Zeitpunkt, der uns mitteilt, wie der Tag verlaufen wird. Er prägt unmittelbar die weiteren Stunden. An manchen Tagen ist da sehr viel, das schmerzt, an manchen Tagen sind die Gedanken träge, an manchen Tagen ist unsere Zukunft dahin. An anderen Tagen jedoch, da freuen wir uns dermaßen auf eine Begebenheit, die uns erblühen lässt, die das Zusammenflicken zu einem Kinderpuzzle macht.«

»Wie ist es für dich an diesem Morgen?«

»Es ist schwer.«

»Ja.«

»Worauf ich hinaus möchte, Ellie, ist die Art und Weise, mit der du meinem Gemüt begegnest. Ich sehe Unsicherheit in deinen Augen, du bemerkst etwas, das du unterdrückst, aus Angst, du könntest damit das Offensichtliche bemitleiden und mich damit kränken, deshalb wolltest du erst nichts sagen. Das ist nicht schlimm, es zeigt eher, dass du eine Zeit durchläufst, in der du auf Harmonie statt Konfrontation aus bist. Eine Zeit, in der es sowieso schon genug Konfrontation gibt. Ich verstehe das. Doch was in dir entsteht, du nennst es Mitleid, ich nenne es einen ersten Funken liebenswerter Empathie, wird nicht zur Harmonie beitragen, wenn du sie in dir verschlossen hältst. Wenn du verbirgst, wie empathisch du sein kannst.«

»Ich möchte dich wirklich nicht kränken. Also denke ich, ist es besser, nichts zu sagen.«

»Du hast ein großes Herz. Darin steckt unendlich viel Empathie. Das sehe ich, höre ich, fühle ich. Aber Empathie darf nicht heruntergeschluckt werden, denn im Magen, da beginnt es zu rumoren. Wenn wir beobachten, uns in der Beobachtung etwas auffällt, und sei es eine Sekunde während eines Gespräches, dies jedoch verdrängen, nur um uns zu einem späteren Zeitpunkt den Vorwurf zu machen, dass wir es nicht angesprochen haben, dann verpassen wir das Potenzial unserer Empathie. Denn Empathie ist der Vorläufer einer Handlung. Eines Satzes, den wir aussprechen. Einer Geste, die wir ausführen.«

»Oft denke ich daran, dass es mich irgendwie bedrückt, wenn ich etwas nicht gesagt habe. Später denke ich an das Gespräch zurück und finde es schade, dass ich es für mich behalten habe. Also das, was ich beobachtet habe.«

»Es ist menschlich, abzuwarten. Nicht jeder Gedanke, nicht jeder Instinkt und nicht jede Beobachtung sind es wert, ausgesprochen zu werden. Darin liegt wohl die Kunst der Empathie, genau dann zu handeln, wenn die Zeit es erfordert.«

»Kann ich lernen, den richtigen Zeitpunkt dafür zu erkennen? Wann weiß ich, dass ich jemanden auf etwas ansprechen kann, ohne ihn damit zu verletzen?«

»Ich bin der festen Überzeugung, dass nicht entscheidend ist, ob du etwas ansprichst, sondern wie. Beispielsweise mit einem sensiblen Herantasten: Hey, ich habe Zeit und möchte dir zuhören. Und darauf eine sensible Frage: Wenn du darüber reden möchtest? Du hast dich in dein Gegenüber eingefühlt, etwas erkannt und tastest dich vorsichtig weiter in seine Gefühlswelt vor, zu einem äußerst fragilen Ort. An dieser Stelle darfst du nicht glauben, dass Hilfe von dir erwartet wird oder dass du bereits weißt, wie auf das, was dir dann mitgeteilt wird, reagiert werden soll. Das ist die Kunst der Empathie. Da sein. Zuhören. Herantasten.«

»Ich schätze, oftmals sagen wir direkt etwas, wovon wir glauben, dass es dem anderen hilft. Dabei wissen wir gar nicht, was der Person eigentlich helfen kann.«

»Ja, Ellie, das ist es. Deshalb muss abgewartet werden. Genau in der Mitte zwischen empathisch denken und empathisch handeln liegt das Abwarten, also Zeit, die während eines empathischen Augenblicks vergeht. Aus Erfahrung kann ich dir sagen, je weniger Zeit vergeht, bis wir handeln – und mit Handeln meine ich die Entscheidung, sich Zeit für eine Person zu nehmen, sich heranzutasten, mit sensiblen Fragen zu erforschen, ob und wie man seine Unterstützung zeigen kann –, desto mehr Wohlgefühl wird sich am Ausgang des empathischen Augenblicks einstellen. Oder anders gesagt: Schaffen wir es, unser Abwarten bis zum Handeln zu minimieren, werden wir in der Zukunft weniger Momente erleben, in denen wir daran verzweifeln, was wir nicht gesagt haben.«

Mit dem Notizbuch in ihrer rechten Hand, in der linken ein Bleistift, hüpft Ellie auf die freiliegende Bettseite. Einst saß hier Großmutter Elisabeth, lange vor Ellie, und hörte sich Werners zugegeben manchmal ellenlange Monologe an, die sie am Ende jedoch stets beide erfüllten, mit jedem Morgen und jedem geteilten Gedanken verstanden sie einander mehr.

»Das kann ich gut verstehen. Je länger ich warte, desto unwahrscheinlicher ist es, dass ich noch darauf eingehe. Irgendwie verlässt mich dann der Mut dazu.«

»Ist mir auch so oft in meinem Leben passiert. Kein schönes Gefühl, oder? Daran wachsen wir jedoch. Wir haben verstanden, dass wir empathischer hätten sein können, wir haben verstanden, dass wir eine Chance verpasst haben. So lernen wir mit der Zeit, eine gewisse Sensibilität für solche Situationen zu entwickeln.«

Das ist wahr, denkt Ellie. Wie viele Chancen sie bereits verpasst hat! Ein Blick ihrer Exfreundin, den sie registriert hatte, der mit so viel Bedeutung aufgeladen war: sie sah es, sprach es jedoch nicht an. Ihre Mutter mit gesenktem Kopf am Küchentisch. Das laute Durchatmen ihres

Vaters, eines Abends, als er spät von der Arbeit heimkam. Und ferner, die Frau auf der Parkbank, die so verbissen dreinschaute. Der Mann, der sich kopfschüttelnd die Haare raufte. Die Kellnerin, die mit müden Augen servierte. Winzige Beobachtungen, denen womöglich allesamt etwas zugrunde lag. Vielleicht hofften all diese Menschen, sie könnten jemandem erzählen, was in ihnen vorgeht, was sie beschäftigt, oder sei es auch nur, dass sie gesehen werden wollten. Dass jemand registriert, dass sie etwas belastet.

»Ich hätte auch gerne öfter diesen Mut gehabt …«, murmelt Ellie.

»Ich auch«, sagt Werner. »Du musst wissen, empathisch zu handeln ist selbstlos. Du verdrängst die eigenen Bedürfnisse für die Dauer eines Gespräches. Im Grunde hat Empathie nichts mit dir zu tun, mit deinen Gedanken, sondern nur damit, dass es dich gibt, als Zuhörenden für das Gegenüber. Als Helfenden. Zu diesem Zeitpunkt kann es jedoch vorerst am hilfreichsten sein, wenn du fragst, ob du helfen kannst. Bevor wir mit der Tür ins Haus fallen und eine Beobachtung direkt ansprechen, lässt sich bestenfalls zunächst einmal nachfragen, ob da etwas ist, über das die Person überhaupt sprechen möchte, und wenn sie zögert, kannst du ihr etwas mitgeben, das sehr wertvoll für eine empathische Interaktion ist – das Gefühl von Sicherheit.«

»Wie kann ich Sicherheit geben?«

»Indem du sagst, ich bin für dich da, du kannst mir erzählen, was dich bedrückt. Du musst nicht. Aber du kannst. Und ich höre dir zu. Egal, was du mir erzählen wirst, ich werde nicht über dich urteilen. Wenn du etwas loswerden möchtest, hier stehe ich und es gibt gerade nichts Wichtigeres, dem ich nachgehen müsste.«

»Oh, das ist schön. Ich höre zu, ohne zu urteilen«, sagt Ellie und schreibt es in großen Druckbuchstaben in ihr Notizbuch.

»Darum geht es in der Empathie. Du stellst dich zurück. Du musst jegliches Urteil in dir vernichten, das, und das ist menschlich, wie von selbst in dir auftaucht und nach Aussprache und Handlung verlangt. Empathie jedoch verlangt nach Neutralität, wir alle möchten gehört und ernst genommen werden. Jegliche Rationalität, jegliches Abwägen, wie sinnvoll oder sinnlos das Problem des Gegenübers auch klingt, muss stumm verdrängt werden. Erst dann wird Raum für echte Empathie geschaffen, die Möglichkeit, sich einer Person anzunehmen, ohne über sie zu urteilen. Seien es Fremde, Familienangehörige oder Freunde: Hilfe beginnt dann, wenn das Empathische uns selbst auslöscht und wir kaum mehr sind als ein Körper, der zuhört, der nickt, Verständnis zeigt, so schwer jegliches Verständnis auch sein sollte, und dabei jene Sicherheit heraufbeschwört, in die wir uns selbst wiegen wollen, wenn wir einmal das Gefühl haben, uns bedrücke etwas, das rational gesehen vielleicht bedeutungslos erscheint, aber es bedrückt uns und wenn wir nicht darüber reden, bedrückt es uns noch mehr, es macht uns fertig und deshalb, deshalb brauchen wir einen Zuhörenden, der nicht über uns urteilt. Der zu Beginn einfach nur zuhört.«

»Und uns in den Arm nimmt«, sagt Ellie und umarmt ihren Großvater. Sogleich wird ihr bewusst, dass diese Umarmung und überhaupt, dass sie bei ihrem Großvater sitzt, ihm zuhört, aufschreibt, was er sagt, das ganze Wochenende lang, vielleicht das Empathischste ist, das sie je gemacht hat. Natürlich empfindet sie eine große familiäre Liebe für ihren Großvater und natürlich hat sie große

Angst davor, dass er bald nicht mehr da sein wird. Aber die Dringlichkeit war ihr nicht bewusst gewesen, ihn an diesem Wochenende zu besuchen und Gehör zu schenken. Hätte ihre Mutter nicht danach verlangt, wäre sie wohl erst in ein paar Wochen wiedergekommen, in dem Rhythmus, der sich in den letzten Jahren verfestigt hat, sie in der Stadt, er auf dem Land, zwei unterschiedliche Welten, verbunden durch die Zugehörigkeit zur Familie und die Erinnerungen im Kindesalter, dennoch ständig verdrängt durch das Tagesgeschehen, die Schule, die Hausaufgaben, an den Wochenenden mit den Freundinnen raus und Opa, den besuche ich bestimmt bald mal wieder. Ellie kann nur erahnen, wie viel es Werner bedeutet, dass sie hier ist, ihm zuhört, und schau mal, sie schreibt sich sogar auf, was ich sage, sie wird es behalten, sie wird daran wachsen und ich, ich kann ihr doch tatsächlich noch all das mitgeben, was ich unbedingt loswerden wollte; zugleich *weiß* Ellie, dass es ihm die Welt bedeutet. Und dass es darauf ankommt, ihm jetzt zuzuhören. Weil sich Empathie in der Zeit zeigt, in der wir uns selbstlos zurücknehmen.

»Das ist wahre Empathie. Etwas wahrnehmen, sich vorsichtig herantasten, das Gefühl von Sicherheit vermitteln und zuhören, ohne ein Urteil einzubringen.«

»Ich habe noch nie darüber nachgedacht, was Empathie ist. Ich dachte immer, entweder man ist empathisch oder halt nicht, manch einer kann sich besser in andere hineinversetzen, manch einer hat Schwierigkeiten damit. Aber jetzt weiß ich, dass es auf die Art und Weise ankommt, wie ich mich empathisch zeige. Und dass Empathie damit beginnt, wirklich zuzuhören.«

»Genau. Im engeren Sinne wird Empathie als Fähigkeit verstanden, sich in jemanden hineinzuversetzen. An dieser

Stelle sagen wir dann oft Dinge wie: ich verstehe dich. Insgeheim schüttelt die Person dann den Kopf und sagt, du verstehst gar nichts. Und damit hat sie recht. Probleme lassen sich nicht mit einem einzigen Satz abwimmeln, der vermeintlich Verständnis zeigen soll. Im Gegenteil, die Kunst der Empathie ist, angemessen auf das Bedrücktsein des Gegenübers zu reagieren. Zum einen, indem wir wie gesagt zuhören und uns zurücknehmen, also keine Wertung auftreten lassen, weder in unseren Worten noch durch unsere Körpersprache oder unseren Blick, und zum anderen, indem wir im hineinversetzten Zustand verweilen.«

»Wie meinst du das?«

»Wir sind nicht empathisch, wenn wir uns verständnisvoll geben, die Situation des Anderen jedoch nur von der eigenen Freiheit aus betrachten, als Außenstehender, der eigentlich gar keine Ahnung von dem hat, was diese Person bedrückt. Und hier kommt wieder die Zeit ins Spiel. Auf der einen Seite dürfen wir nicht zu lange warten, um die Chance zur Empathie nicht verstreichen zu lassen, auf der anderen Seite müssen wir uns Zeit nehmen, um die Situation des anderen in Gedanken durchzuspielen. Von Anfang bis Ende.«

»Du meinst, dass ich nicht nur einen Moment im Gegenüber verbringe, sondern, sagen wir, einen ganzen Tag in Gedanken durchspiele?«

»Bestenfalls: ein ganzes Jahr. Spiel es durch, versuche wirklich zu begreifen, was sie oder ihn beschäftigt. Gelingt uns der Gang in ihrem Körper für mehr als einen Moment, ist etwas Größeres möglich: dann können dazu beitragen, dass sich die Situation des Betroffen ändert.«

»Und wenn wir das nicht tun, kann ein *ich verstehe dich* wohl nicht viel bedeuten.«

»So ist es. Daher müssen wir, wieder einmal mit allergrößter Behutsamkeit, nachfragen, welche Umstände sein Bedrücktsein ausgelöst haben. Empathie ist gleichzeitig Ursachenforschung, und es liegt an uns, den nötigen Raum dafür zu schaffen. Nur dann können wir an einem bestimmten Punkt tatsächlich einmal sagen, und es wirklich so meinen, dass wir die Person verstehen, die all ihren Mut zusammengenommen und sich uns mitgeteilt hat.«

»Klingt gar nicht so einfach.«

»Das ist es auch nicht. Es gibt unzählige Menschen, die von sich behaupten, sie seien empathisch, ihnen falle es leicht, sich in andere hineinzuversetzen. Was bedeutet das eigentlich? Zuallermeist nicht mehr als ein Hineinblinzeln in die Probleme eines Anderen. Wie bei der Wertschätzung für die Berge, beim Beobachten der Wolken, beim Besinnen auf die Zeit, die sich in einer Familie zum Lieben genommen wird, setzt wahre Empathie eine Bewusstwerdung voraus. Wolken ziehen vorbei, wir schauen kurz hoch, sagen, oh wie schön, weiter gehts, das wars, zurück in Gedanken zu dem, was mich eben noch beschäftigt hat. Dasselbe geschieht oft bei vermeintlich empathischen Menschen, sie sagen im Affekt, *oje, das tut mir sehr leid*, vielleicht sagen sie, *sag Bescheid, wenn ich irgendetwas für dich tun kann*, und geben sich eine Sekunde später wieder etwas anderem hin, sodass der Moment, in dem sich Empathie hätte entfalten können, einer abwimmelnden Aussage unterworfen wird. Und so zieht die Zeit, die wir in den Problemen der anderen Person hätten verbringen können, vorüber, als hätte es den Moment gar nicht gegeben.«

»Gestern hast du mir gesagt, ich müsse versuchen, einzelne Sekunden wahrzunehmen. Ist wohl bei der Empathie auch so, nicht wahr? Dass ich …, dass …«

»Dass Empathie mit dem Kleinstmöglichen beginnt, mit einer Sekunde, in der wir uns dazu entscheiden, uns auf diese eine Sache konzentrieren zu wollen.«

»Das meinte ich.«

»Wenn du jemandem wirklich helfen möchtest, dann wirst du alle weiteren Zeitstrahlen, die gleichzeitig verlaufen und von anderen Dingen handeln, wie der Schule, der Familie, deiner Arbeit oder deine eigenen Probleme, ignorieren müssen. Denn wahre Empathie ist fragil. Widmen wir uns in einem Gespräch, in der sich eine andere Person öffnet, aus dem Gefühl der erbrachten Sicherheit heraus auch nur eine Sekunde einem Gedanken, der von einem anderen Zeitstrahl als dem dieses jetzigen Gespräches, dieser exakten Situation an diesem konkreten Punkt in unserem Leben, dann kann es passieren, dass sich die öffnende Person wieder verschließt. Im schlimmsten Fall kann dies schon ein kurzer Blick zur Seite sein oder einer auf das Handy, auf die Uhr.«

»Empathie ist wohl ziemlich …«

»Fragil. Wie Glas, das einem zugeworfen wird, weil darauf vertraut wurde, dass es aufgefangen wird.«

Ellie lächelt. Schon seltsam, wie nah beieinander ein Glücksmoment und ein Moment tiefer Trauer sein können. Immerhin ist er es, ihr Opa, der ihr die Zeit erklärt, und sie, als Zuhörende, gleichwohl von seinen Aussagen erleuchtet, die Enkeltochter, die mit ansehen muss, wie sich ihr einst so starker Großvater damit schwertut, aufrecht zu sitzen, ohne mit diesem dunklen Kratzen in der Stimme zu sprechen, die Träne, die sich, vielleicht aus Glück, vielleicht aus Trauer, vielleicht wegen seiner Augenbeschwerden, von Zeit zu Zeit in seinem inneren Lidwinkel löst.

Ellie streicht ihrem Großvater über den Rücken. Sie nimmt sich vor, wenn sie das nächste Mal mit ihrer Mutter redet, empathischer zu sein. Zuzuhören, was ihre Mutter sagt, aber vor allem, warum sie all das sagt. Als ihre Mutter die Möglichkeit ihres Wunschstudiums verurteilte, hat Ellie mit einem gleich starken Urteil reagiert – du verstehst mich nicht, du verstehst mich nie. Hat sie jemals versucht, wirklich zu verstehen, weshalb ihre Mutter die Dinge sagt, die sie sagt? Oder Jessi, als sie sagte, es sei nicht die richtige Zeit für die Beziehung? Oder auch bei den Menschen, die sie nicht kennt, aber wegen deren Reaktionen sich Ellie oftmals vor den Kopf gestoßen fühlt, die genervte Kassiererin, wegen was, wegen nichts, dachte Ellie. Aber jetzt glaubt sie, sie hätte nur etwas mehr Zeit damit verbringen können, sich zu überlegen, weshalb dieser Mensch an diesem Tag gestresst war. Was sie wohl jeden Tag in ihrem Job erlebt hatte. Ob sie damit zufrieden war? Ob sie andere Träume hatte? Ob es ihrer Familie gut ging, vielleicht wurde sie verlassen? Finanzielle Schwierigkeiten? Gesundheitliche? Da ist so viel, das wir nicht wissen, wir reagieren aber so, als wüssten wir alles, und das ist das Gegenteil von Empathie, das ist Rücksichtslosigkeit. Menschen, sie alle haben ihre Gründe, weshalb sie sind, wie sie sind, an manchen Tagen so, an anderen so. Wir haben die Wahl, wie wir damit umgehen, entweder wir reagieren auf eine genervte Reaktion mit einer anderen genervten Reaktion, auf Wut mit Wut, auf Rücksichtslosigkeit mit Rücksichtslosigkeit, oder aber wir nehmen uns zurück und halten inne, denn in der Empathie geht es nicht um uns.

Wir selbst sind dann nur in einer einzigen Funktion wichtig: dass wir zeigen, dass wir zuhören würden. Und dass wir uns die Zeit nehmen, es wirklich zu verstehen.

IX. Zeit zum Trauern

Wer weiß, wie viel Zeit mir noch bleibt? Der Arzt, vielleicht. Mein Herz, das um Schläge kämpft, schon eher. Ich merke es: wie es bei jedem Herzschlag ist, als sei da ein völlig erschöpfter Läufer am Werk, nur noch ein paar Kilometer, dann hat er es geschafft, doch bis dahin muss er sich quälen, ein Meter nach dem anderen, und noch ein Meter, und noch einer. Das Herz holt seine letzte Kraft aus einer fast versiegten Quelle.

Elisabeth hatte ein starkes Herz. Sie war aktiv, Laufen, das war ihre Leidenschaft. Einmal um den See, nicht genug. Bis aus unerklärlichen Gründen der Herzinfarkt kam und Elisabeth mitnahm, und Werner allein zurückließ. Zwanzig Jahre ist das her. In dieser Zeitspanne entstand ein Leben, Ellie wurde geboren, das Kind seiner Tochter, sie durchlebte eine Kindheit und kommt nun am Ende ihrer Jugend an. Im Tal wurden Restaurants gebaut, auch Mehrfamilienhäuser, Hotels und Seilbahnen. Die Schneegrenze verschob sich, einst lag sie Anfang November im Tal, nun ist sie zur selben Zeit erst auf halber Höhe der Berge. Werner wurde Rentner und sah sich nunmehr die Berge lieber von unten als vom Gipfel aus an. Sabine fand Erfolg im Beruf, wieder und wieder wurde sie befördert, alle waren stolz auf sie. Kind und Karriere, kein Problem. Präsidenten kamen und gingen, eine Kanzlerin blieb. Blätter fielen von den Ästen und wuchsen nach.

»Ich habe letzte Nacht von meiner Elisabeth geträumt«, sagt Werner.

»Und was?«, fragt Ellie.

»Gib mir einen Moment.« Er atmet tief ein, tief aus. Im Schlafzimmer hallt der brüchige Atem nach, wandelt von Wand zu Wand, ehe er wie eine Mahnung an das Bevorstehende im Tonlosen erstickt. Während Sabine in der Küche hingebungsvoll das Frühstück zubereitet, auf Werners Essensgewohnheiten und ein paar liebevolle Details achtend, sitzen Ellie und Werner auf dem Bett, als wären sie beide nicht schlafen gegangen, als hätten sie die ganze Nacht weitergeredet. Ellie hat über den Schlafanzug den roten Fleecepullover ihres Vaters gezogen, den sie immer bei sich hat, wenn sie sich auf kaltes Wetter einstellt; ein Ritual, das vor etlichen Jahren während eines Winterurlaubs begann. Werner trägt einen gräulichen Schlafanzug, der im spärlichen Tageslicht wie Silber erscheint. Als die Sonne das Holzhaus am frühen Morgen hätte durchfluten sollen, kamen die Wolken, dicht und eng aneinandergedrängt lassen sie lediglich ein paar wenige Strahlen durch.

»Sie stand da, wo du heute Morgen hereinkamst. Sie sah mich schlafen. Sie beobachtete mich mit Wärme im Blick, ein verschmitztes Lächeln, warme Augen. Ich bekam es nicht mit, ich schlief. Daher war es, als sei mir die Chance gegeben worden, ihr zu begegnen, obwohl oder vielleicht gerade *weil* ich schlief. Als sei dieser Zustand die einzige Möglichkeit, mit jemandem in Kontakt zu treten, der lange fort ist.«

»Sie stand einfach nur da und hat dich beim Schlafen beobachtet?«

»Ja. Der gesamte Traum hat sich aus ihrem Blick abgespielt, Wärme, das beschreibt es im Ansatz, aber da war mehr, das sie ausdrückte. Sie sagte, ohne zu sprechen, dass sie mich nicht vergessen habe in den zwanzig Jahren, die uns nun schon trennen. Dass sie die ganze Zeit gleich hinter der Tür auf mich warte und mich in der Nacht besuchen komme. Es mag sich wie ein Märchen anhören, die verstorbene Frau, die ihren Mann nur dann besuchen kann, wenn er schläft.«

Einen Moment lang regt sich nichts. Pure Stille.

»Und das ist der Traum ... der Traum kann ein Märchen sein. Aber die Gefühle sind real. Das, was wir im Traum fühlen, ist nichts Beobachtetes, sondern dasselbe Gefühl wie im wachen Zustand. Und da schlief ich nun, und sah mich selbst in ihrem herzlichen Blick und fühlte eine seltene Ausgeglichenheit, ein Gefühl, gleichzeitig so groß wie ein Wiedersehen nach vielen Jahren und so klein wie das beschauliche Haus, das wir aufgebaut haben, in das wir uns zurückzogen und das wir unser Zuhause nannten.«

»Ein schönes Märchen.«

»Ein Märchen. Oder meine Art zu trauern.«

Ellie schluckt. So hatte sie es nicht gesehen, sie sah das Schöne im Märchen, fast stimmte es sie froh, welches Gefühl das Geträumte ihrem Großvater gab. Doch dass es auch eine unbewusste Art der Trauerbewältigung sein kann, das wird ihr erst jetzt bewusst.

»Opa, darf ich dich was fragen?«

»Alles.«

»Oma ist vor zwanzig Jahren ... trauerst du schon zwanzig Jahre lang?«

Werner muss aufpassen, was er jetzt antwortet. Es könnte Ellie ein Leben lang begleiten.

»Ich ... habe nie aufgehört zu trauern. Aber das ist auch nicht das Ziel. Wenn wir aufhören zu trauern, geben wir ein Stück unserer Vergangenheit ab, dazu sagt man wohl auch: wir lassen los. Dies ist der wohl am weitesten verbreitete Tipp, wie ein Mensch mit seiner Trauer umgehen soll. Lass los, sagen sie. Und vielleicht funktioniert das, in manchen Fällen, ich jedoch glaube, mit dem Loslassen lassen wir auch die Wertschätzung für das Leben, das mal war, los. Ist dieser Zeitpunkt gekommen in der Zeit zum Trauern, beginnt das Vergessen. Wollen wir das Menschenleben vergessen, das uns so lange begleitet hat, mit dem wir so viele Erinnerungen geteilt haben? All die Liebe, für die wir uns Zeit genommen und die wir erfahren haben? In der Frage, inwieweit ich loslassen darf, ohne zu vergessen, liegen meine Zweifel und der Grund, weshalb ich in zwanzig Jahren nie aufgehört habe, mich selbst in eine Zeit zurückzuversetzen, in der Elisabeth noch lebte, nur um im Moment der Besinnung von der Traurigkeit eingeholt zu werden, dass sie nicht mehr hier ist. Ist das gesund? Wohl kaum. Es war jedoch nicht an jedem einzelnen Tag der Fall, dass ich daran verzweifelte. Manchmal gelang es mir, die Fülle einer Erinnerung wiederherzustellen, und für einige Momente war es dann, als wäre ich wieder bei ihr. Als würde ich mit ihr gemeinsam in der Erinnerung spazieren gehen, die sich wie ein Tagtraum anfühlte, echt und erlebbar, mit echten Gefühlen. Hand in Hand, das spürte ich, obwohl ihre Hand zuletzt vor zwanzig Jahren in meiner lag. Ihre Aura, wenn sie neben mir lief, der Stolz, der mich erfüllte. Ihr Frohsinn, ihre Leichtigkeit, ihr Übermut, wenn sie etwas sah und ausprobieren wollte, meine Hand mitriss und wir uns gemeinsam auf das Neue stürzten. All das kam wieder und ich lächelte in mich hinein, obwohl ich allein auf der Veranda saß und mit Unschärfe im Blick auf die Berge starrte. Das eigentlich Zauberhafte geschah allerdings kurz danach: Anstatt von der Trauer übermannt zu werden, als mein Blick seine Schärfe zurückerlangte und mich zurück ins Jetzt katapultierte, und ich sah, dass da niemand neben mir saß und all das, was ich erlebt und gefühlt hatte, lediglich eine Erinnerung war, entstand etwas Großes in mir. Womöglich entstand das wohl wahre Ziel des Trauerns: ein Glücksgefühl für die gemeinsame Zeit. Ja, sagte ich laut und ins Tal hinein, wo mich niemand hörte, das war schon toll.«

»Wenn du das Ziel des Trauerns kennst, warum fällt es dir dann so schwer?«

»Manchmal gelangst du zu Erkenntnissen wie diesen erst in einem Gespräch, das niemand sucht, niemand erwartet, aber das kommt und dich dann selbst überrascht. Mit absoluter Sicherheit kann ich dir nicht sagen, was das Ziel des Trauerns ist, aber jetzt gerade fühle ich, wie viel mehr Sinn das Glücksgefühl nach dem beinahe alltäglichen Trauergang hat und wie zerstörerisch der Rückfall in das Bodenlose einer Realität sein kann, in der das, was ist, und das, was war, nebeneinandergestellt und verglichen wird. Nichts kann so sehr schmerzen wie ein solcher Vergleich. Der Tag nach diesem Vergleich wird dunkel sein. Sehr lang, sehr traurig. Und kann etwas, das uns derart schmerzt, ein Gedanke im Kopf, der uns lähmt und vergessen lässt, was das Leben eigentlich ist, etwas mit einem Anfang und einem Ende, das mal früher, mal später kommt, aber immer enden wird – kann das einen Sinn haben?«

»Wahrscheinlich nicht, oder?«

Werner lächelt zart.

»Ob es einen Sinn hat oder nicht – Trauer ist nichts Freiwilliges. Was in der Trauer geschieht, geschieht zunächst einmal mit uns und nicht durch uns. Wir sind einer Reaktion ausgeliefert, die wir nicht erlernt haben, die nicht erlernt werden kann. Das Geschehen, nachdem ein

Mensch von uns gegangen ist, kann nicht antizipiert werden, nicht rational erklärt, nicht abgewogen werden. Es passiert und diese Phase hat seine Zeit.«

»Wie lange?«

»Tja, als jemand, der auch nach zwanzig Jahren Rückfälle in das Gefühl durchlebt, wie es kurz nach Elisas Tod war, kann ich dir kaum sagen, wie lange diese Phase anhält oder anhalten sollte. Nun glaube ich aber zu wissen, dass wir schnellstmöglich zu einer selbstbestimmten Reaktion gelangen müssen. Zu dem Tag, an dem wir bewusst trauern, an dem wir uns darüber im Klaren sind, wie wir trauern und ob wir es schaffen können, diese bodenlose und irgendwie zerstörerische Phase abzuschließen, damit die Zeit für Neues kommen und uns erfüllen kann. Eine Zeit voller Glücksgefühle aufgrund der gemeinsam erlebten Momente. Mit dem Herholen und Wiederherstellen des Ganzen, das das Gemeinsame ausgemacht hat in jenen Erinnerungen.«

»Ich habe ... ein wenig Angst davor, Opa. Also, dass ich es eben nicht schaffe, selbst zu entscheiden, wie ich damit umgehe. Dass ich zu schwach dafür bin.«

»Jeder Mensch ist schwach, wenn ein Familienmitglied fortgegangen ist. Jeder Mensch, Ellie. Niemand erwartet von uns, dass wir Stärke zeigen in den Tagen danach oder in den Wochen danach. Niemand erwartet das von uns.«

»Aber du sagst doch selbst, je länger diese Zeit andauert, desto schwieriger wird es ...«

»Den Tod zu akzeptieren? Ja. Der Tod stellt uns vor die größte Herausforderung unseres Lebens. Akzeptanz ist nirgends schwieriger. Dagegen ...«, Werner schüttelt den Kopf, »geschieht es beinahe spielerisch, am Tod seine Wut auszulassen. Warum, warum nur, fragen wir uns, von der

Dunkelheit des Weggenommen eingehüllt, ja, wir glauben, jemand hat uns diesen Menschen weggenommen! Wir fühlen uns fremdbestimmt von der Erfahrung, auf die wir nicht vorbereitet waren, weil es keine Vorbereitung gibt. Bei mir kam es immer wieder, das Fremdbestimmte, Unkontrollierte, das Wahnhafte und Verzweifelte, das …«, oh nein, jetzt nur nicht in den Abgrund der so naheliegenden Wut stürzen, »Gott, Werner«, sagt er, Gott herausfordernd, zu dem er eine lose Bindung aufrechterhält, mit Kirchgängen einmal im Jahr und einem Gebet an jedem Todestag seiner Frau, und sich selbst herausfordernd, »zwanzig Jahre! Zwanzig!«

Er hadert, er schüttelt den Kopf. Ellie merkt, dass Werner plötzlich den Weg vor sich sieht, den er damals hätte begehen sollen, damit sich die Trauer nicht in all den folgenden Jahren unkontrolliert hätte festsetzen können. Stattdessen hat er getrauert und er trauert weiterhin, vielfach im Unkontrollierten, viel zu selten im Bewusstsein für die Art und Weise, wie er trauert, und dafür, dass das anschließende Glücksgefühl einer in Gedanken erneut durchlebten Gemeinsamkeit das eigentlich Erstrebenswerte im Trauern ist.

»Opa«, Ellie unterbricht sein Kopfschütteln und neigt sich zu ihm vor, »Opa! Ich glaube, ich verstehe es. Ich verstehs.«

Ellie schaut ihm in die Augen. Er schaut zurück, in die Augen der Jugendlichen, sie, die trotz des Anblicks eines Gesichtes, das den bevorstehenden Tod ausdrückt, so viel Stärke zeigt.

Er, der vermeintlich Weise. Werner lernt, von Ellie.

»Das tut gut«, Werner nickt, »das tut gut zu hören. Das war Empathie, Ellie, formvollendet.«

Ein behutsames Lächeln, von beiden. Irgendwo im Tal scheint die Sonne durch ein Loch im Himmel, das mal hier, das mal dort entsteht. Wolken fließen ineinander, es ist ein Tag, an dem die Landschaft in Grau getaucht ist, doch hier und da werden die Menschen im Tal überrascht, ein Sonnenstrahl, wie schön! Kommt jetzt der Frühling?

»Trotzdem, ich habe Angst. Das habe ich noch niemandem gesagt, das merke ich vielleicht jetzt gerade erst. Vor der Zeit danach … und wie Mama damit umgehen wird.«

Natürlich, das konnte Werner nicht vermeiden. Die Angst vor dem Tod eines anderen ist unvermeidlich. Nur der eigene Tod kann relativiert werden.

»Zu wissen, dass eines Tages die Trauer Einzug hält, weil ein nahestehender Mensch nicht mehr da ist, macht uns Angst, obwohl wir stark sein wollen, was auch immer das bedeutet, *Stärke zu zeigen*. Ich meine zu wissen, dass Stärke und Angst keine Gegenpole sind, eher umgekehrt, sie sind stets zu zweit unterwegs. Stärke setzt Angst voraus und Angst führt zu Stärke. Ohne das Angstgefühl wären wir nicht in der Lage, zu ahnen, was uns bevorsteht, und obwohl sich die Reaktion auf den Tod nicht antizipieren lässt, wird uns dadurch bewusst, was auf uns zukommt, aber auch, was wir haben. Angst ist gleichzeitig auch Liebe. Und Stärke ist, Wertschätzung in uns zu lassen als Möglichkeit, Frieden mit dem Ende eines uns nahestehenden Lebens zu schließen.«

Hastig nimmt Ellie den Bleistift wieder in die Hand und schreibt: *Ich weiß nicht, wie ich auf den Tod reagieren werde. Aber es ist okay, Angst zu haben. Angst ist die Grundlage für Stärke, Liebe und Wertschätzung.*

Dann muss sie es fragen. Schon seit Jahren denkt sie daran. Leise fragt sie: »Wie war es für dich?«

»Zunächst einmal«, sagt Werner, beinahe zu hastig, »… und entschuldige, wenn ich das so sagen muss, immerhin möchte ich, dass es dir nach meinem Tod anders ergeht. Doch ich möchte ehrlich sein. Meine Welt … wurde dunkel. An keinem der Tage, die auf den Tod meiner Frau folgten, war ich imstande, Licht zu sehen, wortwörtlich, ich verkroch mich im Haus, lag einfach nur da, tat nichts, ich … verendete an manchen Tagen. Übersetzt gesprochen, ich sah keine Zukunft mehr. Keine Schönheit, die noch folgen kann, weil Elisabeth nicht mehr da ist. Weil für Menschen, die in einer langjährigen Partnerschaft leben, Zukunft auch immer etwas Gemeinsames ist.«

»Wie lange ging das so? Wann kam der Zeitpunkt, an dem sich etwas geändert hat? Und wodurch?«

Ellie braucht eine Antwort, dringend! Ein Anflug von Schwärze breitet sich in ihren Gedanken aus, auch das ist wohl normal bei uns Menschen, wenn wir hören, wie jemand leidet, wie jemand lange Zeit gelitten hat, und wir, als Außenstehender, der nur zuhören kann, nachempfinden, wie viel Schmerz es gegeben haben muss an Tagen, die auf den Tod folgten.

»Die Zeit nach dem Tod des geliebten Menschen ist scheinbar endlos. Sind wir außerstande, die Zukunft zu sehen, tritt auch die Zeit außer Kraft; übrig bleibt die Gegenwart und die ist schwarz vor Dunkelheit. Wann kommt der Tag, an dem sich etwas ändert, aber vor allem, was soll sich ändern, damit ich meinen Abgrund wieder verlassen kann, das ist die drängendste Frage, die man sich stellt. Der Tod ist irreparabel, geschieht er, ist er nicht rückgängig zu machen, auch das Leid, das er auslöst, schafft Erinnerungen, die wir für immer in uns tragen werden mit der Gefahr, an ihnen wieder und wieder zugrunde zu gehen. Schmerz entsteht im Moment des Erinnerns und da der Tod den größten Schmerz hervorbringt, schließt sich die Erinnerung um ihn, im Grunde geschieht etwas Fundamentales, der Tod führt zu Schmerz bei den Zurückgebliebenen, der Tod als Beginn von Zeit, die sich kaum aushalten lässt, und für den, der geht, als Erlösung. Und noch mal, es tut mir leid, das sagen zu müssen, aber jetzt habe ich noch die Chance, ehrlich zu sein, und Ehrlichkeit tut manchmal weh: Auch ich habe an Erlösung gedacht, daran, Elisabeth zu folgen. Nicht nur am selben Tag, sondern auch am nächsten und an vielen weiteren, die folgten. Vielleicht ist das eine menschliche Reaktion, etwas Automatisches in uns, das einsetzt, sobald wir Verlust erfahren. Zugleich birgt es die Gefahr, aus dem Abgrund, in den wir fallen, als Konsequenz der Verlusterfahrung nicht mehr ans Licht zu kommen. Es war ... es war eine schwierige Zeit. Und ihr Zeitstrahl wirft bis heute seine dunklen Schleier auf mich. Es gibt Tage, da ist es unerträglich, mit der Akzeptanz des Verlusts zu leben, da gelingt es uns nicht, die Mauer des Verlusts einzubrechen und die dahinterliegende Wertschätzung, den Frieden und das Glück für das gemeinsam Erlebte als einzig wertvolle Erfahrung in der Gegenwart zu ergreifen.«

»Ich finde es sehr traurig, zu wissen, wie sehr du gelitten hast. Und manchmal immer noch leidest.«

»Ich weiß. Normalerweise halten Großeltern ja so etwas von ihren Enkelkindern fern. Vielleicht auch von der ganzen Familie. Aber ich schätze, das kann nicht für immer so weitergehen ... Gelegentlich entsteht ein Teufelskreis, man selbst leidet, offenbart sich und das führt zu Leid bei der Person, der man sich geöffnet hat, und das wiederum lässt einen umso mehr Leid spüren. Glaube aber bitte nicht, dass dies jegliche Gespräche verhindern darf, der Preis, sein Leid in sich zu verschließen, ist zu hoch – Erlösung ist dann nur einer vieler verkehrter Gedanken, die niemals, niemals!, im Sinne der Verstorbenen sind. Dass sich der hinterbliebene Mensch ebenfalls erlöst, nein! Niemals dürfen wir glauben, das führe zu Sinn und Gerechtigkeit. Wir sagen oft, der Tod ist ungerecht, aber der Tod an sich ist nichts, weder gerecht noch ungerecht, er ist nichts weiter als ein natürlicher Vorgang in einem Menschenleben, der Mensch ist vom Zeitpunkt seiner Geburt an ein Sterbender. Und das meine ich nicht im negativen Sinn, eher umgekehrt, das Bewusstsein dafür kann uns helfen, dem Leben mit Freude zu begegnen und möglichst viel daraus zu machen.«

»So habe ich das noch nie gesehen.«

»Es geht auch nicht darum, das Leid zu relativieren, das erlebt wird, wenn jemand stirbt – und das noch einmal stärker ist, wenn jemand früh stirbt, vor seiner eigentlichen Lebenserwartung –, sondern darum, zu akzeptieren, dass der Tod unvermeidlich ist. Jeder Mensch kommt mit dem Tod in Berührung. Jeder! Acht Milliarden Menschen, Ellie! Und jene Milliarden, die vor uns gelebt haben! Wenn ich das so betrachte, aus welchem erdenklichen Grund sollte ein Leben nach dem Verlust in Leid, Schmerz und ewiger Trauer verbracht werden? Dafür gibt es keinen einzigen Grund! Weder die Person, die stirbt, würde es so wollen, noch unsere eigene Zukunft, in der das Leben viel Schönheit bereithält, die uns bereichern und erfüllen kann, während der Zeitstrahl des gemeinsam verbrachten Lebens nun vom Physischen in etwas, das in unseren Gedanken wiederholt werden und gedeihen kann, verlagert wird. Wir können zwar nichts mehr Dingliches teilen, können auf

171

unserer Haut nicht mehr die Haut des anderen spüren und können mit offenen Augen nicht mehr die Präsenz des Geliebten sehen, doch das ist nicht das Ende: Der Verlust verschiebt lediglich die Dimension. Fortan ist das Gemeinsame eine Erinnerung. Und diese existieren, zu hunderten, sodass wir viele schöne Tage in der Erinnerung gemeinsam verbringen können, wenn wir es nur zulassen und uns unsere gesamte Konzentration in einem Moment des körperlichen Nichtstuns darauf richten, wie es war, die Hand gehalten zu haben, den Mund geküsst zu haben, durch das Haar gestreichelt und in die Augen geschaut zu haben, zusammen auf dem Feld gewesen zu sein, als wir uns kennenlernten, zusammen beim ersten Treffen, beim ersten Sonntagsessen mit beiden Familien, zusammen beim Aufwachen, beim Kochen, sie mit der gekachelten Schürze und dem Ohrwurm auf den Lippen, ich mit dem Rühren des Kochtopfs, die Gedanken vernebelt vom Verliebtsein für diese leichte Frohnatur neben mir, die mein Leben besser machte und selbst noch im Schwelgen von Erinnerungen besser macht, zusammen beim Holzschlagen und am Kamin, das Knistern, das uns zusammenführt und das Gefühl von Heimat und Sicherheit aufflammen lässt, zusammen auf der Wanderung, am Gipfel, wo sie Grüße ins Tal schickt und ihren Sommerhut wie eine Trophäe schwenkt, zusammen im Kreißsaal, als die Tochter geboren wird, das schmerzverzerrte Gesicht, das plötzlich zu den erfülltesten Zügen im Leben einer Frau wird, und ich, immer noch fest ihre Hand drückend, dann nachgebend, da ist sie, unsere gemeinsame Tochter, wie schön sie ist, sie kreischt, sie lebt, oh, welch Wunder, zusammen in den Wochen danach, wenig Schlaf, sie laut gähnend am Frühstückstisch, ich in Eile, nicht zu spät zur Arbeit zu kommen, hundemüde, und an der Tür, während das Baby laut kreischt, nimmt sie sich die Zeit und umarmt mich, küsst mich, trotz ihrer Müdigkeit mit einem Lächeln in den Mundwinkeln, ich schaff das schon, bis später, viel Erfolg auf der Arbeit, und ich sagte, ich freue mich schon, um Punkt 18 Uhr wieder bei euch zu sein, und sie lacht, und sagt, nun geh schon, zusammen bei der Beerdigung ihrer Mutter, ich habe sie nie enger gehalten, zusammen beim Begraben der Hündin, die wir vom Nachbarn nach dessen Tod aufgenommen haben und die viele glückliche Jahre mit uns auf ausgiebigen Wanderungen, beim Ausdauerlauf mit Elisabeth verbracht hat und ihr melodisches Jaulen, wenn der Hahn frühmorgens gekräht hat, zusammen am ersten Schultag von Sabine, die übergroße Tüte, die Schleife im Haar, sie konnte es nicht abwarten, endlich in die Schule zu gehen, und wir mit der Angst, sie würde nicht zurechtkommen, doch natürlich kam sie zurecht, zusammen in der Woche, als ein Lawinenunglück in der Nähe geschah, wir sprachen mit den Angehörigen, wir halfen mit beim Aufbau, sie immer in meiner Nähe, zusammen stark, zusammen stärker, zusammen beim Protestieren gegen den neuen Lift, lasst unsere Berge in Ruhe, riefen wir, ohne Erfolg, aber dass wir es riefen, gemeinsam, war Ausdruck gemeinsamer Werte, zusammen beim Übernachten auf dem Berg, es war meine Idee, ein kleiner Mensch, zwei Erwachsene, nebeneinander im Biwak, wir froren so sehr und machten es nie wieder, doch der Sonnenaufgang über dem Nebel war unglaublich, zusammen, als unsere Tochter in die Stadt für das Studium ging, wir standen Hand in Hand auf der Veranda und winkten ihr zu, ihre Studienfreundin holte sie ab und es war wie damals, als wir sie kaum zur Schule gehen lassen konnten, doch diesmal wussten wir, sie wird es schaffen –

und wie sie es schaffte! –, beeindruckend, zusammen, als wir hoch Fieber hatten, Tee ans Bett, ruh dich gut aus, mein Liebling, zusammen beim Schneeschaufeln in Herrgottsfrühe, damals, als das Tal noch meterhoch vom Schnee bedeckt war, zusammen beim Zeichnen, wie gefällt dir mein Gemälde, und ich antwortete, es ist großartig, sie benutzte ausschließlich warme Farben, das zeigte, wer sie war, zusammen beim Reflektieren, endlose Monologe, manchmal muss sie gedacht haben, Werner, komm bitte zum Punkt, zusammen am Krankenbett, ihrem Bewusstsein entrissen, mein Kopf auf ihrem Bauch, und ich bin mir sicher, ihr Unterbewusstsein war dankbar dafür, dass ich da war. Dankbar für die gemeinsame Zeit. Es sind Fragmente wie diese, denen wir mit Wertschätzung, mit einem Lächeln, mit einer Danksagung begegnen müssen, mit Achtsamkeit, mit Behutsamkeit, mit Zeit, die wir voll und ganz einer Erinnerung schenken. So wird die Zeit zum Trauern zu einer Zeit der Wertschätzung. Ja, so wird die gemeinsame Zeit wertgeschätzt. Nur so kann ich wieder glücklich sein.«

Um die zwei Seelen auf dem Bett öffnet und schließt sich Unschärfe, alles andere ist und wurde außer Acht gelassen, da ist nur er, wie er erinnert, und sie, die zuhört, als größtes Geschenk, das sie ihm machen kann.

»Ein bewusstes Glücksgefühl nach dem Trauern ... schreib es auf«, sagt Werner.

Und Ellie schreibt es auf.

Werner betrachtet es und nickt. »Das ist es. Ellie, nach meinem Tod wird eine Zeit zum Trauern folgen. An manchen Tagen wird es dir schwerfallen zu akzeptieren, das sind Tage des unkontrollierten Trauerns. An manchen Tagen, und das wünsche ich dir von ganzem Herzen und das ist es, was ich will, ja, das wünsche ich mir, dass du den Tag findest und immer wieder finden wirst, an dem du Erinnerungen mit mir erneut durchlebst, sie heraufbeschwörst und nachfühlst, als würdest du die Erinnerung im selben Moment zum ersten Mal erleben, und dass du dann, wenn die Minuten einer wiederholten Zeit vorübergegangen sind und du zurück bist im Jetzt, von Glück erfüllt wirst. Das Glück der gemeinsam erlebten Zeit. Das ist der Weg, um die Trauer zu einem Freund zu machen. Die Trauer ist, im Gegensatz zu den gegenwärtigen Meinungen, nämlich nicht zwangsläufig etwas verzweifelt Machendes, etwas, an dem wir kaputt gehen müssen. Ganz und gar nicht. Die Trauer kann unser Freund werden. Wenn wir unsere Wut über das uns Weggenommene kontrollieren, keine Vergleiche des Vergangenen mit der Gegenwart ziehen, uns einer einst erlebten gemeinsamen Zeit hingeben, uns wirklich Zeit dafür nehmen, diese Erinnerung auszufüllen, damit sie lebt, damit du fühlst, was du fühlen kannst, wenn du mich in deiner Erinnerung siehst: Glück und Wertschätzung.«

Es sind diese Worte, gepaart mit der entfesselten Euphorie Werners, die Ellie das wohl wertschätzendste Lächeln dieser Welt hervorbringen lassen, so glücklich darüber, dieses Wochenende mit ihrem Großvater verbringen und von ihm lernen zu dürfen, dass ihr die Tränen kommen, sie weint vor Glück, und aus Angst, aber wie Werner sagte, es ist okay, Angst zu haben, das ist normal, denn Angst kommt aus Liebe. Und oh, sie weiß ihren Großvater zu lieben, zu wertschätzen und ohne Elisabeth jemals selbst erlebt zu haben, weiß sie auch sie zu wertschätzen.

Hoffentlich tun das alle Enkelkinder dieser Welt.

X. Zeit zum Leben

Als Ellie mit ihrem Großvaters endlich zum prächtig gedeckten Frühstückstisch kommt, sitzt Sabine im dicken Wintermantel auf der Veranda und raucht.

Blau und zierlich steigt das Gift vor ihrem Gesicht empor, es gibt ihr für wenige Minuten das Gefühl, mit der Situation besser klarkommen zu können. Beim letzten Zug erhält die Realität wieder Einzug, ihr Vater wird bald sterben und erneut wird sie mit dem Tod konfrontiert, der damals, beim Tod ihrer Mutter, so plötzlich kam, dass es lange Zeit gedauert hat, bis die Trauer allmählich erträglich wurde oder das Vergessen einen Punkt der Normalität erreichte, eine Zeit, die auch ohne ihre Mutter normal erschien, schlichtweg weil seltener an sie gedacht wurde. Dass es sie gegeben hat. So unterschiedlich die wesentlichen Eigenschaften der Menschen sind, so unterschiedlich ist auch ihre Art zu trauern und das Vergessen zu akzeptieren. Für Werner war das Vergessen die größte Hürde, er wollte nicht, er durfte nicht vergessen, doch genau das machte ihn zu einem Abhängigen in der Gefangenschaft des Verlusts, während Sabine im Vergessen die einzige Möglichkeit wahrnahm, aus dem, was übrig geblieben ist, ein normales Leben zu machen. An Elisabeth dachte sie nun nicht mehr stündlich, nicht mehr täglich, sondern vereinzelt, manchmal aus heiterem Himmel, in Stunden der Wut, aus einem Streit heraus, manchmal geplant, am Totensonntag. Das Bewusstsein für den stattgefundenen Tod verschob sich in unterschiedliche Richtungen, beide wollten nicht vergessen, die eine jedoch ließ es zu, der andere fand für sich heraus, dass er nicht zu vergessen braucht, im Gegenteil, er erinnerte sich bewusst, durchlebte das Gemeinsame noch einmal und manchmal, da lächelte er leise vor sich hin.

Nachdem Sabine mit Werner beim Arzt gewesen war und dieser ihnen die Diagnose mitgeteilt hatte, suchten sie einander, Vater und Tochter. Sie wussten nun, was kommen würde, und dachten unweigerlich an Elisabeth. Daran, wie sie ihre ganz eigenen Trauerwege begangen hatten, vereint jedoch durch den wiederkehrenden Schmerz, das, was passiert war, nicht akzeptieren zu können. Nicht verarbeiten zu können. Und davor hatte Sabine Angst. Dass es wieder passiert. Werner spürt die Angst seiner Tochter, weshalb er so oft wie möglich mit ihr spricht. Er versucht seiner Tochter zu helfen. So wie er Ellie hilft, an diesem Wochenende. So wie er sich selbst hilft.

»Es ist alles da«, sagt Sabine, die Winterjacke aufhängend, ihre bläulichen Fingerspitzen zusammenpressend. Und in der Tat, es ist alles da, frisch gepresster Orangensaft, Kiwis, Bananen und Äpfel, Milch vom befreundeten Bauern in einer silbernen Karaffe, das innig geliebte und rustikal duftende Dinkelvollkornbrot frisch vom Bäcker, in dicke Scheiben geschnitten, so wie es Werner mag. Diverse Aufschnitte, gekochte Eier und siehe da, auch Pancakes hat Sabine zubereitet, mit Blaubeeren garniert und mit Puderzucker bestäubt.

»Ein Traum«, sagt Werner und wiederholt nickend die Worte seiner Tochter in Gedanken, *es ist alles da*. Feierlich schmiert er sich zwei große Brotscheiben.

Ellie nimmt einen Schluck vom Orangensaft, Sabine hat einen Schuss Zitrone mit hineingegeben, Ellie verzieht den Mund, aber es ist lecker, es schmeckt nach Gesundheit in flüssiger und einfach nur zu genießender Form. Auch Werner nimmt einen Schluck, zu den akribisch aufgereihten Tabletten, die er täglich einnehmen muss und zu denen er, unabhängig davon, ob sie wirken, eine gleichgültige Beziehung pflegt. Seine Tochter legt sie ihm morgens neben die Tasse, er nimmt sie und schluckt sie runter, das ist seine frühmorgendliche Freiheit, die Tabletten mit Gleichgültigkeit zu akzeptieren, die eigentlich wegen der eingesetzten Körperschwäche und der Nebenerscheinungen des Tumors, der sich in ihm wie ein Parasit eingenistet hat, vom Arzt verschrieben wurden, und beißt danach in das mit Bauernkäse und gesalzenen Gurkenscheiben belegte Brot. Zart schmelzend verformt sich das Weiche mit der körnigen Kruste zu einer genüsslichen Paste und durch den Geschmack, der sich sein Leben lang wiederholt hat und zu einer Konstante beim Starten in den Tag wurde, taucht die Erinnerung auf, wie er mit Elisabeth an jenem Frühstückstisch saß, an dem er nun in das jugendliche, eifrige, von Wertschätzung gezeichnete Gesicht seiner Enkeltochter und in das zwischen dem unbedingten Willen, Glück für diese zusammen verbrachten Tage zu empfinden, und dem sanften Schmerz im Angesicht der Tatsache, dass Werners Tage ihrer Endlichkeit mit großen Schritten entgegenlaufen, pendelnde Gesicht seiner Tochter blickt. Für Werner fühlt es sich wie ein längst vergangener, jedoch weiterhin pulsierender Zeitstrahl an, in dem Elisabeth hier mit ihm saß, zu Liedern im Radio sang, ihn ausfragend, wie die Arbeitswoche war, ihm die Butter reichend, das Haar vom Küchenfenster von hinten in einen Glanz versetzt, der Werner entzückte, ihre Haare leuchteten, die Strähnen auf der Stirn hellbraun, zum Lichte hin weiß wie Lianen des von Sonntag zu Sonntag unterschiedlich nuancierten Himmels: über den Bergen ist er an sonnigen Tagen mit einem derart gesättigten Blau bedacht, dass es Werner leichtfällt anzunehmen, der Himmel sei das niemals fertigzustellende Gemälde eines unsichtbaren Künstlers, auf dem er sich an den prächtigsten Blautönen ausprobiert, und sind Wolken dazwischen, fließt etwas Weiß von ihnen auf die Himmelsscheibe ab, ist es düster, voll Nebel, entsteht ein tiefblaues Grau, das lediglich durch zarte Anzeichen verrät, dass es auf einer Palette angemischt wird, die neben Weiß und Schwarz lediglich aus Blautönen besteht, und dann ist es wie heute, beim Aufwachen noch schwarz, nach dem ersten Versuch der Sonne, ihren Weg hinter den Bergen emporzubahnen, dunkelblau, dann wolkig mit vereinzelten Löchern im Himmel, dann für wenige Momente, bis ein Nieselregen einsetzte, ein hellblauer Ausruf, wie schön es ist, der Himmel zu sein, die vollendete Entfaltung in den Morgenstunden, als hätte sich der Himmel gestreckt und gereckt und ein warmes Guten Morgen zu den Menschen gebracht, und zuletzt das vielleicht schönste Blau seit langem, das nunmehr Sabines vereinzelt graue Haare zu Leuchtdioden der Zeit macht, als etwas, das zwar aus Stress entstanden ist und damit die Warnung enthält, die Umstände, wie sie sind, ändern zu müssen, die es aber Sabine, die natürlich auch ihr Spiegelbild sah, einfacher machten, ihren Job vorerst aufzugeben, um mit ihrem noch lebenden Elternteil wertvolle Zeit zu verbringen, denn obwohl Regenfunken sprühen, ist das beigemischte Grau im nun violett getauchten Blau nebensächlich, weil es etwas gibt, das der Künstler des Himmels an vielen Tagen vergebens sucht: jemanden wie Werner, der das sich ständig Verändernde wahrnimmt.

Und damit: seine Schönheit.

Fast verliert sich Werner beim Frühstücken in diesem Bild, seine Tochter sitzt ihm schräg gegenüber wie einst seine Frau, das Tageslicht umrandet ihren Körper und macht ihn damit zu etwas Größerem, das Körperliche erhält zusätzlichen Wert, denn nur mit Licht kann er gesehen werden, und da sich das Licht wie auch der Körper ständig verändert, wie auch die Begebenheiten an einem so vertrauten Ort wie der Küchentisch seines Hauses, kann hierbei zweifellos von einer Einheit gesprochen werden, von Zeiten, die miteinander verstrickt sind, die einander komplettieren und verändern. Aus dieser Einheit heraus, aus den Puzzleteilen, die ineinandergesteckt und auf diese Weise komplettiert werden, bildet sich in Werner ein Gedanke, der groß und wunderbar ist: dass es ihm heute möglich ist, das Leben auf Augenhöhe mit jenem Leben zu sehen, in dem Elisabeth noch lebte. Veränderung geschieht, wenn Licht auf etwas fällt, das wir bisher übersehen haben, doch dann ist es da und wir fragen uns, wie konnten wir es nur übersehen. Das ist bei Sabine der Gedanke daran, sie hätte es nicht rechtzeitig geschafft, mit ihrer Mutter all die Streitereien beiseitezulegen, bevor sie starb und damit die Möglichkeit zu Staub zerfiel, in Harmonie auseinanderzugehen, jener erstrebenswerte Zeitpunkt, an dem wir die Erscheinung des Todes akzeptieren könnten, und womöglich handelt das Kollektiv der menschlichen Verlusterfahrung genau davon, dass vorher nicht die Wogen geglättet, Frieden geschlossen und ultimativ eine erfüllende Harmonie eingesetzt hat und wir an der Wahrnehmung verzweifeln, wir hätten den Zeitpunkt verpasst und jetzt wurde uns die Möglichkeit genommen. Harmonie, denkt sich Werner, ist das vor dem Abschied zu Erreichende, und wie war es kurz vor Elisabeths Tod, war da nicht ihre Beziehung von einer unendlichen Liebe füreinander erfüllt, waren da nicht die schönsten Liebesbekundungen, große wie kleine, die ein Mensch einem anderen Menschen zeigen und mitteilen kann, und Werner erinnert sich: wir sagten einander, unsere Liebe ist größer als der Tod, du hast mein Leben besser gemacht, mit dir hatte mein Leben einen Sinn, das sagten wir uns, und lagen da nicht meine Hände in ihren, nicht erst am Sterbebett, sondern an allen Tagen zuvor, an dem wir den Tod nicht kommen sahen und die aus genau diesem Grund ein eindringlicherer Beweis für die Harmonie zwischen uns waren? So war es.

Und so kann ich leben.

Und ist das, was ich in diesem Augenblick sehe, meine Enkeltochter, die mir ein ganzes Wochenende lang zuhört, und meine Tochter, die ihren Job für mich aufgegeben hat, der köstlich gedeckte Frühstückstisch und das sich immer verändernde Himmelslicht, das Sabine und Ellie wie zwei Engel umrahmt, nicht auch ein wesentlicher Zustand der Harmonie? So ist es.

Und so kann ich sterben.

*

Epilog

Es ist Sommer, als Ellie zu dem Haus in den Bergen fährt. Sie ist siebzehn geworden, hat den Führerschein gemacht und lenkt stolz das Auto, mit ihrer nicht ganz so entspannten Mutter auf dem Beifahrersitz. An Ampeln, oder wenn ein Auto, das vor ihnen fährt, plötzlich bremst, steigt Sabine ebenfalls in die Eisen und reißt ihren Arm nach oben an den Haltegriff. Ich habe alles unter Kontrolle, sagt Ellie dann und Sabine lacht, ich weiß, es ist nur noch so ungewohnt. Je näher sie den Bergen kommen, desto mehr lichtet sich das Geschehen auf den Straßen, weniger Autos, weniger Ampeln, weniger Leitplanken und Markierungen. Genüsslich summt Ellie das Lied aus den Lautsprechern mit, sie hat ihr Handy per Bluetooth verbunden und lässt *Perfect Blue* von Elle Valenci laufen.

I can't see the sun as close by as I once was
But I know it's still shining by our side
In my mind this place becomes a disappear
I can still feel the air moving

Vor ihnen liegen nun die ersten Berge, an denen die Baumgrenze nicht bis zum Gipfel reicht, sondern weit darunter eine Grenze zwischen Wald und Stein bildet, beide Regionen von intensiver Schönheit. Links und rechts goldgelbe Felder und weite Wiesen. Sabines Anspannung löst sich. Seit Kurzem hat sie ihren Job zurück, der Neue, der an ihre Stelle gerückt war, hatte nicht ins Team gepasst und Sabine wurde mit offenen Armen empfangen, es ist schön, dass du wieder da bist, und sie entgegnete, zumindest in Teilzeit, um den Stress herauszunehmen, und sie möchte mehr Zeit mit ihrer Tochter verbringen, bevor diese bald nach Köln zum Studieren zieht.

Für Ellie ist es das erste Mal, seit Werner im Frühjahr verstarb, dass sie zurück an den Ort kommt, der ihre Zukunft veränderte und die ihrer Mutter.

Sabine dagegen hat in den Wochen nach dem Tod ihres Vaters noch viel Zeit im Haus verbracht, sie hat aufgeräumt, sortiert, die wichtigsten Formalitäten erledigt und eine Entscheidung in Bezug auf das Haus getroffen, verkaufen oder behalten, war die Frage, und sie entschied sich, dass das Haus nicht verkauft werden soll, es gehöre ihrer Familie. Wenn sie sich damals, als Elisabeth starb, schwertat, das Haus zu sehen, weil der bloße Anblick von kaum auszuhaltendem Schmerz umgeben war, freut sie sich heute geradezu darauf, wieder dort zu sein und mit ihrer Tochter ein Wochenende auf dem Land zu verbringen, vielleicht werden sie Puzzle spielen, Holz hacken oder gemeinsam auf den Hausberg wandern, der Werners Anblick beim Aufwachen zu Zeiten seines Lebens bestimmte. In all dem wird ihr Vater dabei sein, er ist an diesen Ort gebunden, wurde in der Nähe begraben und obwohl der Körper nicht mehr im Haus vorzufinden sein wird, würde es unmöglich sein, Werners Präsenz zu übersehen.

Am Haus angekommen, zögert Ellie beim Aussteigen aus dem Auto, ein unwirkliches Gefühl ist in ihr, ein Flüstern, das gegen die Wirklichkeit antritt, da ist das Haus und wenn sie hineingeht, ist Werner ganz bestimmt dort. Aber das ist er nicht. Doch dann steigt sie aus, entschieden, ohne im flüsternden Schmerz zu verweilen: unbewusst haben sich Werners Lehren in ihr verfestigt, sie begleiten nun ihre

Handlungen als etwas Selbstverständliches, Verinnerlichtes, eine Balance von Unterbewusstsein und bewusster Erinnerung an jene Weisheiten, die sie lernen und an denen sie wachsen konnte. Und als sie in seinem Schlafzimmer steht, das Stille zeigt, das gemachte Bett, der geschlossene Kleiderschrank, der Eckstuhl, die Kommode, die Tischlampe, jegliche Objekte im Raum sind still und drücken eine Dichte in die Stille hinein, die Ellie ergreift, ist es, als sei eine neue Zeit angebrochen, denn das Gefühl, in dem Raum zu stehen, ist anders als noch vor einigen Monaten, denn auch wenn Werner ein sehr sorgfältiger Mensch war, der selten Kleidung oder Gegenstände als Zeichen seiner Anwesenheit liegen ließ, konnte Ellie seine Rückkehr ins Zimmer stets kommen sehen, als sei er nur kurz im Garten, oder im Wald, oder beim Nachbarn auf dem Bauernhof, vielleicht hackt er Holz, vielleicht holt er Milch, gleich kommt er zurück, mit Sicherheit. Dass er heute mit Sicherheit nicht zurückkommen wird, erscheint Ellie als Gedanke, der sie zum Weinen bringen könnte, aber sie erinnert sich, Werner sagte, pass auf, wie du die Gegenwart und die Vergangenheit vergleichst, und verbringe lieber Zeit mit jenen Gedanken, in denen du froh über das Vergangene bist und das Erlebte vor deinem inneren Auge siehst. Und Werner hat recht, sie sieht zwar Stille und ein Fremder, der zum ersten Mal in das Zimmer hineinsehen würde, käme nicht auf die Idee, dass hier ein Menschenleben stattgefunden hat; Ellie jedoch sieht das Zimmer, in dem ein Mensch sein erstes und sein letztes Lebensjahr verbracht hat. Für sie zeigen die ordentlich angeordnete Bettdecke und das Kopfkissen das Leben, das darin beschützt wurde vor den vielen kalten Wintern, vor Erkältungen und Tagen, an denen die Gemütlichkeit einer Bettdecke Grund genug ist, liegen zu bleiben und das Wochenende in erholsamer Langsamkeit zu genießen. Die Lampe auf dem Nachttisch, sie ist uralt, überdauerte mehrere Besitzer und Werner hat sie ein- und ausgeschaltet, viele Male, zum Lesen, zum Reden, zum Wachwerden und zum Einschlafen. Der schräge Holzbalken über dem Bett, der quer durchs Zimmer verläuft, hier hatte er sich den Kopf gestoßen, manchmal machte er es ihr wieder vor, damit Ellie in jungen Kinderjahren lachte, dann strich er den Balken weiß. Das Fenster, das mal offen, mal geschlossen war, die dicken Fensterscheiben, das Knarren beim Öffnen, der laute Hall, wenn ein Windzug durch das Haus auf das Fenster traf und es zuschlug. Der Eckstuhl, ein Bein brach, er reparierte es, hier lagerte er Decken und manchmal auch einen Anzug, wenn die Logistik von internationalen Kunden besucht wurde und er die Ehre hatte, diese durch das Lager und die Waren zu führen. Bei genauerem Hinsehen erkennt sie sogar den Abdruck seiner Füße auf dem Boden, dort, wo er Jahrzehnte lang jeden Morgen aufstand und mit beiden Füßen fest auftrat, um Halt zu finden, als ein Ritual, mit dem er gestärkt in den Tag startete. All darin liegt Zeit, die nur Ellie sehen kann, und ihre Mutter. Der Raum, und deshalb durfte das Haus auch nicht verkauft werden, hat etwas Intimes, zu dem Zugang gewährt wird, wenn sich erinnert wird. Wer auch immer das Haus gekauft hätte, seine Ignoranz für das Menschenleben in den Räumen hätte jegliche Erinnerungen vernebelt und vernichtet, denn wenn ein Ort umgestaltet wird, werden damit auch Erinnerungen erschwert und Zugänge verwehrt. Ellie und Sabine aber *wollen* sich erinnern.

Ellie setzt sich auf die linke Betthälfte. Hier saß sie einige Monate zuvor, von der Seite schaute sie ihren Großvater an. Sie erinnert sich genau, an seine Augen, die Mundwinkel, die Falten, das Lächeln, die Kraft der Stimme in früheren Jahren und später das von schwerem Atem unterbrochene Sprechen. Meist ist es die Stimme, die sich als Erstes von den Erinnerungen löst, aber sie hört ihn, durch den Raum, der sich ihr öffnet. Und manchmal, wenn wir uns an eine Stimme erinnern, ist es so, als würde sie direkt zu uns sprechen. Vielleicht ist es diese Vorstellung, die Ellie den Nachttisch öffnen und darin, neben dem Brief, den sie ihrem Opa schrieb, einen Antwortbrief finden lässt. Bevor sie ihn liest, schaut sie noch einmal auf ihren Brief, ah, genau, sie schrieb, dass sie die Berge nun mit anderen Augen sehe und dass sie Angst habe vor der Zeit nach Werners Tod. Dass sie es nicht verkraften werde. Und nun, mit einem bestimmten Blick nach draußen, auf dieselbe Art und Weise, mit derselben suchenden und grabenden Tiefe im Blick wie einst ihr Großvater, findet sie sogleich die Antwort darauf, sie spricht die Antwort laut aus und womöglich ist es ihr Großvater, der da durch sie spricht: »Danke für die gemeinsame Zeit.«

Mit einem breiten Lächeln wandert ihr Blick zurück vom Berg auf das Stück Papier vor ihr, sie öffnet den Umschlag, auf dem in schwungvoller Schrift ihr Name steht, sie zieht das Blatt hervor und liest genau ein einziges Wort:

LEBE!

Tja, da hast du wohl recht, Opa. Mehr braucht er ihr auch nicht mitzuteilen, dieses eine Wort, es zeigt doch eigentlich nur, dass er es geschafft hat, ihr vor seinem Tod all das mitzuteilen, was er ihr mitteilen wollte, und sie hat zugehört und ihm damit das wohl größte Geschenk gemacht, das eine Enkeltochter ihrem Großvater machen kann. Jetzt, da er in ihren Erinnerungen weiterlebt, vor allem in ihrer Fähigkeit, Orte, Gegenstände, Gerüche, Worte und Weisheiten bewusst mit ihm zu verbinden und ihn damit erwachen zu lassen wie einen Geist, der immer da ist und mit dem durch eine Erinnerung hindurch gesprochen werden kann; jetzt möchte er ihr nur noch sagen, dass sie ihrer Zukunft mit großen Augen und Mut und Freude entgegentreten soll. Sie soll leben, sie soll Schönheit sehen, in der Gegenwart, vom Größtmöglichen bis ins Kleinstmögliche hinein, die einzelne Sekunde, die sie wertschätzen muss, und in der Zukunft, wo noch so viel auf sie wartet und auf die sie konkret hinarbeiten kann, wenn sie ihre Träume versteht und ihre Wünsche entschieden verfolgt. Lebe!, das ist ein von Schönheit erfüllter Ausruf, von einem Ort der Harmonie aus geschrieben. Lebe!, das ist das Privileg, am Leben zu sein, und gleichzeitig der Appell eines Verstorbenen, das Leben wertzuschätzen. Lebe!, das ist die Akzeptanz des Gefühls, wie schnell die Zeit doch vergangen ist, weil du weißt, du hast das Beste daraus gemacht.

Lebe!, das ist die Zeit in deiner Hand.

In Gedenken an Werner Kronies
* 26.05.1932
† 21.05.2015

Jan Kronies, geboren 1993, lebt in Bochum und Amsterdam und arbeitet in der Unternehmenskommunikation von Google. Auf seinem Blog jungegedanken.de schreibt er seit vielen Jahren Texte über die Suche nach dem Glück. Sein Debütroman „Werner" verarbeitet die Herausforderungen und Erkenntnisse, die ihm auf dieser Suche widerfahren sind. Durch das Schreiben möchte er auch anderen helfen, ihrem eigenen Glück näherzukommen.

Foto © Andrea Friedrichs-du Maire

Instagram: jan.kronies
YouTube: youtube.com/c/jankronies
Website: www.jankronies.com